伊丽莎白·毕晓普诗歌的越界思想研究

吴远林 著

A STUDY OF TRANSGRESSION IN ELIZABETH BISHOP'S POETRY

上海社会科学院出版社

目次

绪言 / 1
    一、诗人作品 / 3
    二、研究现状 / 7
    （一）国外研究现状 / 8
    （二）国内研究现状 / 19
    三、结构安排 / 23

第一章 越界理论 / 28
    毕晓普诗歌越界概说 / 28
    （一）越界的思想史 / 29
    （二）毕晓普的界限写作 / 35
    （三）毕晓普的越界思想 / 44

第二章 学科越界：跨学科交往 / 56
    一、"用视觉去思考"：毕晓普诗歌的视觉艺术 / 56
    （一）婴孩的"眼"：毕晓普诗歌的直视艺术 / 58

（二）画工的"眼"：毕晓普诗歌的透视艺术 / 63
（三）心灵的"眼"：毕晓普诗歌的灵视艺术 / 69
二、诗人的神学：毕晓普的诗与宗教共生关系 / 76
（一）宗教濡染与诗人关切 / 79
（二）文化反讽与诗性批判 / 84
（三）圣俗之间与诗歌实验 / 90

第三章 空间越界：多元文化思考 / 99

一、旅行写作与身份认同：毕晓普的"巴西组诗"解读 / 99
（一）旅行写作与身份认同 / 101
（二）双重身份与双重视角 / 107
（三）表述他者与表述自我 / 113

二、帝国的命运与《生活》杂志：从毕晓普《巴西》的改编谈起 / 121
（一）毕晓普、《巴西》与《生活》杂志 / 123
（二）历史认知与文化偏执 / 128
（三）美学理念与帝国利益 / 133
（四）美国文化帝国主义论 / 139

第四章 性别越界：同性欲望幻想 / 145

同性恋与写作：毕晓普的爱情诗再研究 / 145

（一）新女性意识与情感谱系的拓展 / 148
（二）文本生成与爱欲转化 / 153
（三）写作笔法的培育与精神视域的构建 / 158

第五章 文本越界：古今文学比较 / 166
一、毕晓普与霍普金斯 / 166
（一）引用与化用 / 168
（二）对称与对话 / 173
（三）悖论与统一 / 178
二、毕晓普与莫尔 / 186
（一）题材择取 / 188
（二）描写技巧 / 191
（三）措辞艺术 / 197

第六章 结语：越界，融合与创新 / 202

参考文献 / 213
毕晓普生平与作品年表 / 231
致谢 / 233

绪 言

20世纪中叶，美国社会遭逢历史巨变，美国诗坛涌现出一批颇具创新精神和时代意识的"中间代诗人"①，他们以顽强的毅力和孜孜不倦的创作为后世留下了众多脍炙人口的诗篇。伊丽莎白·毕晓普（Elizabeth Bishop，1911—1979）是

---

① John Ciardi, ed., *Mid-Century American Poets*, New York: Twayne Publishers Inc., 1952. 注："中间代诗人"，生于1900—1920年，出现于美国二十世纪四五十年代诗坛，他们的创作位于现代诗坛和当代诗坛的中间地带，在诗歌创作中留下了历史转化演变的痕迹，他们的诗歌忠实于自我，响应心灵的呼唤，遵循生命的律动，将生活而不是文学入诗，主要代表诗人有威尔伯（Richard Wilbur）、罗斯克（Theodore Roethke）、毕晓普（Elizabeth Bishop）、洛威尔（Robert Lowell）、贾雷尔（Randall Jarrell）、贝里曼（John Berryman）、海登（Robert Hayden）、基斯（Weldon Kees）、布鲁克斯（Gwendolyn Brooks）、斯塔福德（William Stafford）、邓肯（Robert Duncan）、奥尔森（Charles Olson）、雷克斯罗思（Kenneth Rexroth）、麦格拉斯（Thomas McGrath）、埃伯哈特（Richard Eberhart）、夏皮罗（Karl Shapiro）、施瓦茨（Delmore Schwartz）、鲁凯泽（Muriel Rukeyser）、查尔蒂（John Ciardi）、迈尔斯（Josephine Miles）、史密斯（William Jay Smith）、斯温森（May Swenson）、埃弗森（William Everson）等人。

其中一位杰出的代表。毕晓普为20世纪美国诗坛作出了巨大的贡献，她以不断探索求新的精神、聪颖深邃的思想和沉稳内敛的情感，有力地推动了美国诗歌持续向前发展，对同时代以及后来的诗人和诗歌创作产生了深远的影响。作为英美诗歌理论和诗歌实践的锐意变革者，她无愧于"诗人的诗人"[①]的称号，她对促进西方现代诗歌的转型与发展作出了巨大的贡献。评论家杰克逊在《缔造新阶段：1940年代诗歌》中指出，"毕晓普是沉静的变革旧诗歌和理论运动的领导者"[②]。美国诗坛盟主洛威尔说："很少有女诗人写出重要作品……能够与最优秀的男诗人比肩的只有四位：狄金森、莫尔、毕晓普和普拉斯。"[③] 诗评家哈默则指出："没有一个诗人能够像毕晓普那样广泛而深刻地影响当代诗学的实践。"[④] 借由其作品独具特色的创造意蕴和艺术风格，毕晓普成为美国诗歌史上一位不可忽视的作家。美国著名批评家布鲁姆说："在她那一代诗人中，

[①] John Ashbery, "Second Presentation of Elizabeth Bishop", in *World Literature Today*, Vol. 51, No. 1 (Winter 1977), p. 8.
[②] Richard Jackson, "Constructing a New Stage: The Poetry of the 1940s", in Jack Myers and David Wojahn, eds., *A Profile of Twentieth-Century American Poetry*, Carbondale: Southern Illinois University Press, 1991, p. 114.
[③] Robert Lowell, "A Conversation with Ian Hamilton, 1971", in Robert Giroux, ed., *Robert Lowell: Collected Prose*, London: Faber & Faber, 1987, p. 287.
[④] Langdon Hammer, "The New Elizabeth Bishop", in *The Yale Review*, Vol. 82, No. 1 (January 1994), p. 137.

包括罗斯克、洛威尔、贝里曼和贾雷尔,毕晓普的独特性是毋庸置疑的。作为她的同时代人,我们可能过于尊重其他人,但毕晓普的诗歌,如同斯蒂文斯和莫尔的诗歌一样,有着自身的地位和影响力,这不会有错。"① 这样一位重要而又独特的作家,开始走进中国读者的视野。

一、诗人作品

毕晓普是 20 世纪美国最重要、最有影响力的诗人之一,美国文学和艺术学院院士、巴西总统勋章获得者和美国、加拿大多所高校荣誉博士,桂冠诗人。生前,诗人莫尔、洛威尔、贾雷尔对她的诗歌推崇备至;身后,毕晓普的重要性日益突出,特别是诺贝尔文学奖获得者,包括布罗茨基、帕斯、希尼等人的推崇,使得毕晓普成为近年来越来越具有国际影响力的 20 世纪诗人。

1911 年 2 月 8 日,毕晓普出生在马萨诸塞州的伍斯特。童年时,父亲去世,母亲住进了精神病院,她在加拿大新斯科舍省的外祖母和波士顿的姨母轮流抚养下长大。中学时代,毕

---

① Harold Bloom,"*Geography III* by Elizabeth Bishop", in *New Republic*,Vol. 176,No. 6 (5 February 1977),p. 29.

晓普展现出过人的创作才华，她的散文和诗歌经常出现在胡桃山中学的文学杂志《蓝铅笔》（The Blue Pencil）上。大学时代，毕晓普结识了大诗人艾略特和莫尔，与莫尔的友谊传为文坛佳话。在莫尔的指导下，毕晓普的诗歌创作取得了长足的进步，她的作品开始出现在专业的文学杂志上。瓦萨学院毕业后，毕晓普继承了祖父遗留下来的财产，开始了一生的漫游和流浪，先后在纽约、基维斯特、华盛顿、西雅图、旧金山和波士顿等地定居，还去过法国、墨西哥、巴西等国家，直至晚年应哈佛大学邀请，返回美国教书，并继续致力于广泛的游历、阅读和写作。

毕晓普很少写没有探索意义的诗。她被认为可以流传于世的诗集有 5 部：《北与南》（1946）、《寒冷的春天》（1955）、《旅行的问题》（1965）、《地理学Ⅲ》（1976）、《新诗》（1979）等。其中，《北与南》一经发表就获得"霍顿诗歌奖"；1956 年，诗集《北与南》和《寒冷的春天》的合印本荣获"普利策诗歌奖"；1970 年，《诗歌合集》荣获"国家图书奖"；1976 年，诗集《地理学Ⅲ》获得"诺斯达特国际文学奖"。这些文学奖项的获得，让毕晓普的名声大震。纽约时报书评认为，毕晓普的声誉主要建立在以下 20 余首诗上：《地图》《人蛾》《爱情躺卧入眠》《莠草》《纪念碑》《公鸡》《鱼》《2 000 多幅插图和一个完整的经文汇编》《在渔屋》《邀请玛丽安娜·莫尔小姐》《洗发》《抵达桑托斯》《巴西，1502年1月1日》《旅行的问题》《犰狳》《在新斯科舍的第一次死亡》《沙鹬》《拜访圣·伊丽莎白》《在候诊室里》《克鲁索在英格兰》《麋鹿》《一种艺术》《三月之末》等。因此，毕晓普也被认为是继狄金森之后美国最伟大的女诗人。

毕晓普的诗歌清新、自然、朴实、深刻，极富洞察力，不仅多层面地汇集了多元文化和多种语言，还有效地融合了西方现代绘画艺术和美国诗歌传统。墨西哥诗人和诺贝尔文学奖得主帕斯曾用"水"来形容她的诗歌，"清新、明澈，适于饮用"，彰显物象，"似水又似空气：诗歌开启视野，视觉的诗。用字清晰，朗然如画"[①]。布鲁姆对她诗作晶莹剔透的特质，给予了高度的评价，"那是一种认知的穿透力，甚至是辨析力，其披露人生真相的功力远胜过哲学和精神分析"[②]。借由质朴、自然的语言，毕晓普的诗歌在看似童稚的视域中，不动声色地传达着人性深处的智慧和复杂深奥的哲理，流露出她对社会现实的悲悯思考。爱尔兰诗人和诺贝尔文学奖获得者希尼说，毕

[①] Octavio Paz, "Elizabeth Bishop, or the Power of Reticence", in *World Literature Today*, Vol. 51, No. 1 (Winter 1977), p. 15.

[②] Harold Bloom, ed., *Elizabeth Bishop*, New York: Chelsea House, 1985, p. 1.

晓普是"能将'事实'提升为一种崭新的修辞效果的古老天才"①。

毕晓普诗歌风格独特，她在美国诗歌史上的地位也颇为特别。首先，毕晓普的创作处于现代与后现代文学之间，这种独特的时代语境决定了她诗歌创作的特殊性。其次，毕晓普大部分时间在旅行，她不属于任何诗歌流派，虽然获得国内外数十项诗歌大奖，但没有取得相应的诗坛地位。正如卡尔斯通所说，"毕晓普是一个最容易被忘记，却又最值得尊敬的诗人"②。关于毕晓普的诗歌地位，布鲁姆有积极、中肯的评价：

> 毕晓普立足美国诗歌传统，这个传统始于爱默生、维里、狄金森，以弗罗斯特、斯蒂文斯和莫尔的创作达到顶峰。这个传统不以夸张的修辞，却以克制的表达和公开的道德责任感而著称。③

近年来，随着批评界持续不断的关注，毕晓普开始从边缘

---

① Seamus Heaney, "Counting to a Hundred: On Elizabeth Bishop", in *The Redress of Poetry: Oxford Lectures*, London: Faber and Faber, 1995, p. 179.
② David Kalstone, *Five Temperaments: Elizabeth Bishop, Robert Lowell, James Merrill, Adrienne Rich, John Ashbery*, New York: Oxford University Press, 1977, p. 12.
③ Harold Bloom, ed., *Elizabeth Bishop*, New York: Chelsea House, 1985, p. 1.

走向中心,不仅在美国文坛引发了"毕晓普现象"①,而且直接"从圈内走向经典"②。关于毕晓普诗歌研究的专著和论文层出不穷,这无疑是与诗人的诗歌成就相称的,其诗歌值得我们深入研究。

二、研究现状

在过去的近半个世纪,学术界对毕晓普诗歌的诗学思想和创作实践进行了较多分析和评价,取得了丰硕的成果。20世纪90年代初,随着具有标志性意义的著作《20世纪美国诗歌掠影》(1991)③的出版,西方学界掀起一股重新认识美国现代诗歌传统、重新评价毕晓普诗歌的热潮,人们对于如何评定毕晓普的诗学观念和创作实践众说纷纭,莫衷一是。因此,详细梳理国内外学术界对毕晓普诗学和实践的介绍、分析与评价,可以帮助我们更好地寻找到解读毕晓普诗歌的新角度。

---

① Travisano. Thomas, "The Elizabeth Bishop Phenomenon", in *New Literary History*, Vol. 26, No. 4 (Fall 1995), pp. 903 – 930.
② Dana Gioia, "Elizabeth Bishop: From Coterie to Canon", in *New Criterion*, Vol. 22, No. 8 (2004), pp. 19 – 26.
③ Jack Myers and David Wojahn, eds., *A Profile of Twentieth-Century American Poetry*, Carbondale: Southern Illinois University Press, 1991.

(一)国外研究现状

西方的毕晓普诗歌研究硕果累累。特别是进入21世纪以后，随着更多毕晓普诗歌手稿与生活资料的公开，西方学界的毕晓普诗歌研究日趋丰富饱满，关于毕晓普诗歌的研究著作如雨后春笋般涌现，几乎每年都有新的著作问世。梳理现有西方毕晓普诗歌研究成果，我们发现，毕晓普诗歌研究范围广、视角多样化、时间跨度大。单从时间上看，西方毕晓普诗歌研究可以划分为三个阶段：

1. 早期毕晓普诗歌研究

主要产生于二十世纪80年代前后，以形式批评为主，侧重分析毕晓普诗歌的艺术形式、审美意象、描写技巧、视角转换、时空变化等，形成了毕晓普诗歌研究的"客观学派"。"客观学派"认为，毕晓普诗歌注重视觉效果，强调形式控制，其主要价值在于诗人以超乎寻常的冷漠和超然物外的峻拔，描绘事物，再现真理。"客观学派"的倡导者有帕斯[1]、品斯基[2]、

---

[1] Octavio Paz, "Elizabeth Bishop, or the Power of Reticence", in *World Literature Today*, Vol. 51, No. 1 (Winter 1977), p. 15.
[2] Robert Pinsky, "The Idiom of a Self: Elizabeth Bishop and Wordsworth", in *The American Poetry Review*, Vol. 9, No. 1, (1980), pp. 6–8.

威廉森[1]、劳伦斯[2]、施皮格尔曼[3]等人。

在早期阶段,毕晓普诗歌研究尚未正式展开,除了《纽约客》等权威刊物的文学编辑和上述评论家对毕晓普的作品作过适时、精要的批评外,专门研究毕晓普诗歌的著作凤毛麟角。斯蒂文森的《伊丽莎白·毕晓普》(1966)[4] 和卡尔斯通的《五种个性:毕晓普、洛威尔、梅里尔、里奇、阿什伯里》(1977)[5] 的出现开毕晓普诗歌研究之先河。其中,斯蒂文森的《伊丽莎白·毕晓普》比较全面地介绍了毕晓普的个人背景,从主要大事记到当时评论界对毕晓普的评价,都作了简要的叙述。更为重要的是,斯蒂文森以她独特的诗人视角对毕晓普的诗歌作了精辟的分析,并且断言,毕晓普的诗歌会经受住时间的考验:"在 20 世纪之后,当很多名字都被遗忘的时候,……我认为伊丽莎白·毕晓普的诗歌会存活下来,因为它

---

[1] Alan Williamson, "*A Cold Spring*: The Poet of Feeling", in Lloyd Schwartz and Sybil P. Estess, eds., *Elizabeth Bishop and Her Art*, Ann Arbor: The University of Michigan Press, 1983, pp. 96–108.
[2] Penelope Laurans, "'Old Correspondences': Prosodic Transformations", in Lloyd Schwartz and Sybil P. Estess, eds., *Elizabeth Bishop and Her Art*, Ann Arbor: The University of Michigan Press, 1983, pp. 75–95.
[3] Willard Spiegelman, "Elizabeth Bishop's 'Natural Heroism'", in *The Centennial Review*, Vol. 22, No. 1 (Winter), pp. 28–44.
[4] Anne Stevenson, *Elizabeth Bishop*, New York: Twayne Publishers, 1966.
[5] David Kalstone, *Five Temperaments*: *Elizabeth Bishop*, *Robert Lowell*, *James Merrill*, *Adrienne Rich*, *John Ashbery*, New York: Oxford University Press, 1977.

反映了某种特别的、与创造性人格无关的个人特质。毕晓普谦虚而庄重……"① 事实证明，斯蒂文森的判断是正确的。在毕晓普逝世后的几十年里，当那些与她同时代的诗人被后世和评论界逐渐忘却时，她的诗歌却得到越来越多的关注。

2. 学派纷争时期毕晓普诗歌研究

主要产生于 20 世纪 80 至 90 年代，表现为"主观学派"与"客观学派"的争锋。"主观学派"认为，毕晓普诗歌看似朴实，其实暗藏玄机，因其精确地描写背后渗透着深厚的情感，只是这种情感得到了有效的控制罢了。"主观学派"指出，毕晓普的诗歌具有广泛的社会基础，其诗歌研究应致力于探索其艺术想象与社会现实之间错综复杂的关系，比如其诗歌中蕴含的家园意识、道德意识、文化意识等。"主观学派"的代表人物有布鲁姆②、卡尔斯通③、莱曼④、文德勒⑤、卡斯

---

① Anne Stevenson, *Elizabeth Bishop*, New York: Twayne Publishers, 1966, p. 26.
② Harold Bloom, ed., *Elizabeth Bishop*, New York: Chelsea House, 1985, pp. 1-3.
③ David Kalstone, "Elizabeth Bishop: Questions of Memory, Question of Travel", in Lloyd Schwartz and Sybil P. Estess, eds., *Elizabeth Bishop and Her Art*, Ann Arbor: The University of Michigan Press, 1983, pp. 3-31.
④ David Lehman, "'In Prison': A Paradox Regained", in Lloyd Schwartz and Sybil P. Estess, eds., *Elizabeth Bishop and Her Art*, Ann Arbor: The University of Michigan Press, 1983, pp. 61-74.
⑤ Helen Vendler, "Domestication, Domesticity and the Otherwordly", in *World Literature Today*, Vol. 51, No. 1 (Winter 1977), pp. 23-28.

绪 言

特罗[1]等。

学派纷争时期，一些有关毕晓普诗歌的论文集和研究专著相继出版。这些研究成果彰显了英美新批评的缜密与深刻，有力地将毕晓普诗歌绵密、鲜活的文本意蕴和典雅、柔和的创作风格挖掘出来。施瓦茨与埃斯蒂斯主编的《伊丽莎白·毕晓普和她的艺术》（1983）[2]和布鲁姆主编的《伊丽莎白·毕晓普》（1985）[3]堪称毕晓普诗歌研究的经典著作。前者是第一本毕晓普学术合集，它向读者展示了研究毕晓普诗歌的多元视角与多重方法，立意新颖、解析深刻。后者则是在继承前者成果的基础上，适时地增补了布罗米奇、迪尔、沃克尔、麦克弗森、麦克克拉奇等人的最新成果，为毕晓普诗歌研究提供了新视野。而特拉维萨诺的《伊丽莎白·毕晓普：诗艺的成长》（1988）[4]和帕克的《不信者：伊丽莎白·毕晓普的诗歌》（1988）[5]则是研究毕晓普诗学分期的重要专

---

[1] Bonnie Costello, "The Impersonal and the Interrogative in the Poetry of Elizabeth Bishop", in Lloyd Schwartz and Sybil P. Estess, eds., *Elizabeth Bishop and Her Art*, Ann Arbor: The University of Michigan Press, 1983, pp. 109-132.

[2] Lloyd Schwartz and Sybil P. Estess, eds., *Elizabeth Bishop and Her Art*, Ann Arbor: The University of Michigan Press, 1983.

[3] Harold Bloom, ed., *Elizabeth Bishop*, New York: Chelsea House, 1985.

[4] Thomas Travisano, *Elizabeth Bishop: Her Artistic Development*, Charlottesville: University Press of Virginia, 1988.

[5] Robert Parker, *The Unbeliever: The Poetry of Elizabeth Bishop*, Urbana: University of Illinois Press, 1988.

著。前者追溯毕晓普诗歌发展的轨迹，将毕晓普的诗学历程划分为三个阶段，即"监狱"（prison）、"旅行"（travel）和"历史"（history），揭示了诗人的现实关切与诗艺成长的完美统一。后者则提出毕晓普是一个"不信者"，并在此理论框架下将毕晓普的诗歌创作归纳为三个阶段，即"追求"（wish）、"地域"（where）和"回顾"（retrospect），其"不信者"的含义在于：诗人认识和理解现实人生的灵活性与多样性。

3. 分化时期毕晓普诗歌研究

主要是从20世纪90年代至今，随着"毕晓普现象"的出现而逐步升温，它以多元视角为特色，其研究主要集中在以下几个方面：

（1）形式研究，包括制衡艺术[1]、语言修辞[2]、认知结构[3]、描写诗学[4]等。

---

[1] Bonnie Costello, *Elizabeth Bishop: Questions of Mastery*, Cambridge: Harvard University Press, 1991.
[2] Carole Doreski, *Elizabeth Bishop: The Restraints of Language*, New York: Oxford University Press, 1993.
[3] Elizbieta Wójcik-Leese, *Cognitive Poetic Readings in Elizabeth Bishop: Portrait of a Mind Thinking*, New York: De Gruyter Mouton, 2010.
[4] Zachariah Pickard, *Elizabeth Bishop's Poetics of Description*, Montreal & Kingston: McGill-Queen's University Press, 2009.

(2) 主题研究：包括性别①、种族②、旅行③、战争④、宗教⑤、生态⑥等。

(3) 比较研究：包括毕晓普与赫伯特⑦、毕晓普与霍普金斯⑧、

---

① Elizabeth Dodd, *The Veiled Mirror and the Woman Poet: H. D, Louise Bogan, Elizabeth Bishop, and Louise Glück*, Columbia: University of Missouri Press, 1992; Marilyn May Lombardi, *The Body and the Song: Elizabeth Bishop's Poetics*, Carbondale and Edwardsville: Southern Illinois University Press, 1995.
② Renée R. Curry, *White Women Writing White: H. D., Elziabeth Bishop, Sylvia Plath, and Whiteness*, Connecticut: Greenwood Press, 2000.
③ Kim Fortuny, *Elizabeth Bishop: The Art of Travel*, Boulder: University Press of Colorado, 2003; Jeffrey Gray, *Mastery's End: Travel and Postwar American Poetry*, Athens: The University of Georgia Press, 2005.
④ Camille Roman, *Elizabeth Bishop's World War II-Cold War View*, New York: Palgrave, 2001.
⑤ Cheryl Walker, *God and Elizabeth Bishop: Meditations on Religion and Poetry*, New York: Palgrave Macmillan, 2005; Laurel Corelle, *A Poet's High Argument: Elizabeth Bishop and Christianity*, Columbia: University of South Carolina Press, 2008.
⑥ Robert Boschman, *In the Way of Nature: Ecology and Westward Expansion in the Poetry of Anne Bradstreet, Elizabeth Bishop and Amy Clampitt*, Jefferson: McFarland & Company, Inc., 2009; Priscilla Paton, *Abandoned New England: Landscape in the Works of Homer, Frost, Hopper, Wyeth, and Bishop*, Hanover: University of New Hampshire, 2003.
⑦ Joseph Summers, "George Herbert and Elizabeth Bishop", in *George Herbert Journal*, Vol. 18, No. 1 (1995), pp. 48 – 58; Brett Millier, "Modest and Morality: George Herbert, Gerald Manley Hopkins, and Elizabeth Bishop", in *The Kenyon Review*, Vol. 11, No. 2 (Spring 1989), pp. 47 – 56.
⑧ Sandra Barry, "Shipwrecks of the Soul: Elizabeth Bishop's Reading of Gerard Manley Hopkins", in *Dalhousie Review*, Vol. 74, No. 1 (Spring 1994), pp. 25 – 50; Ben Howard, "Action and Repose: Gerard Manley Hopkins' Influence in the Poems of Elizabeth Bishop", in *The Hopkins Quarterly*, Vol. 33, Nos. 3 – 4 (Summer-Fall 2006), pp. 109 – 118.

毕晓普与莫尔[1]、毕晓普与洛威尔[2]、毕晓普与梅里尔[3]等。

（4）交叉研究：包括诗歌与传记[4]、诗歌与绘画[5]、诗歌与散文[6]、诗歌与翻译[7]等。

总的来说，这个时期的毕晓普诗歌研究呈现出学派融合、学科渗透、理论与批评相结合的态势，且成果显著、著述丰富。

在分化阶段，首先，毕晓普诗歌研究的最大成果在于学界对其生前未能出版的诗歌、书信、散文的整理与出版，为读者

---

[1] Jeredith Merrin, *An Enabling Humility: Marianne Moore, Elizaebth Bishop, and the Uses of Tradition*, New Brunswick: Rutgers University Press, 1990; Joanne Diehl, *Elizabeth Bishop and Marianne Moore: The Psychodynamics of Creativity*, Princeton: Princeton University Press, 1993; Kirstin Hotelling Zona, *Marianne Moore, Elizabeth Bishop and May Swenson: The Feminist Poetics of Self-Restraint*, Ann Arbor: The University of Michigan Press, 2002.

[2] David Kalstone, *Becoming a Poet: Elizabeth Bishop with Marianne Moore and Robert Lowell*, New York: Farrar, Straus and Giroux, 1989.

[3] Timothy Materer, "Mirrored Lives: Elizabeth Bishop and James Merrill", in *Twentieth Century Literature*, Vol. 51, No. 2 (Summer 2005), pp. 179-209.

[4] Lorrie Goldensohn, *Elizabeth Bishop: The Biography of a Poetry*, New York: Columbia University Press, 1992; Victoria Harrison, *Elizabeth Bishop's Poetics of Intimacy*, Cambridge: Cambridge University Press, 1993; Anne Stevenson, *Five Looks at Elizabeth Bishop*, London: Bellew Publishing, 1998; Jonathan Ellis, *Art and Memory in the Work of Elizabeth Bishop*, Burlington: Ashgate, 2006.

[5] Peggy Samuels, *Deep Skin: Elizabeth Bishop and Visual Art*, New York: Cornell University Press, 2010.

[6] Vidyan Ravinthiran, *Elizabeth Bishop's Prosaic*, Lewisburg: Bucknell University Press, 2015.

[7] Marianna Machova, *Elizabeth Bishop and Translation*, Lanham: Lexington Books, 2017.

重新认识和理解毕晓普提供了宝贵的素材。2006 年《纽约客》主编奎因整理出版了毕晓普诗稿《埃德加·爱伦·坡与自动点唱机》①，2008 年美国图书馆出版公司出版了《伊丽莎白·毕晓普：诗歌、散文和书信》②，2011 年为纪念毕晓普诞辰 100 周年而出版的两卷本《毕晓普诗歌散文全集》③。

其次，关于毕晓普的书信整理方面，除了之前出版的毕晓普与莫尔的通信外，她与好友洛威尔的通信《空中语词》(2010)④ 以及她与《纽约客》的通信《伊丽莎白·毕晓普与〈纽约客〉》(2011)⑤ 等也相继出版。这些资料的整理与出版，直接将毕晓普诗歌研究推向新的高潮。有的学者从心理学的角度解读毕晓普的诗歌；有的学者从全球化的角度挖掘其隐秘的政治观；有的学者从生态学的角度研究这位根植于自然的美国诗人；有的学者甚至从病理学的角度研究毕晓普的哮喘病对她诗歌创作的影响等。

---

① Elizabeth Bishop, *Edgar Allan Poe & The Juke-Box*, New York: Farrar, Straus and Giroux, 2006.
② Elizabeth Bishop, *Poems, Prose, and Letters*, New York: The Library of America, 2008.
③ Elizabeth Bishop, *Poems*, New York: Farrar, Straus and Giroux, 2011; Elizabeth Bishop, *Prose*, New York: Farrar, Straus and Giroux, 2011.
④ Elizabeth Bishop and Robert Lowell, *Words in Air: The Complete Correspondence between Elizabeth Bishop and Robert Lowell*, New York: Farrar, Straus and Giroux, 2008.
⑤ Elizabeth Bishop, *Elizabeth Bishop and the New York: the Complete Correspondence*, New York: Farrar, Straus and Giroux, 2011.

再次，毕晓普的主体身份得到越来越多的关注。比如，她的同性恋身份让学界从女性主义、心理学的角度重新研究她的诗歌美学，以及她作为诗人和画家的双重身份对她诗歌创作所产生的影响，甚至有学者专门研究她的画作等。

纵观毕晓普诗歌研究史，若干问题始终萦绕不去，毕晓普究竟是诗人、画家、同性恋者、边缘人，抑或是越界者？关于毕晓普诗歌的定位问题，笔者认为，在全球文化相互跨越、不同学科相互渗透的年代，我们不应该止步于对毕晓普诗歌的单向度解读，而应该拓宽视野，通过多层面、多维度的考察来揭示其作品的伟大之处及其缘由。阅读毕晓普的诗歌，我们发现，她的每一部作品几乎都涉及对界限的关注以及对逾越界限所带来后果的思考，这些关注和思考可以帮助我们更好地理解后现代文化语境下人们所面临的一系列困惑与挑战。在此基础上，笔者以为，毕晓普诗歌研究仍有较大的发展空间，因此提出"越界"的观察向度，以期进一步揭示其文本的文学价值。下面，主要梳理一些能为本研究提供新视角的文章与专题研究。

在《毕晓普在21世纪：新解读》（2012）中，克莱格霍恩专辟章节"跨越疆界：自我、政治与地域"，介绍毕晓普诗歌的"越界"主题。书中的系列论文涉及"不同界限"的穿越问题，以及它们如何影响到诗人的"心理、性欲、政治取向及诗学发展"①。事实上,很多文章或著作都在不同程度上涉及毕晓普诗歌的越界问题。譬如,有评论家指出,毕晓普作为诗人和画家的双重身份,以及其对于诗歌创作的影响,② 甚至那些从传统角度评论毕晓普诗歌的人也发现,其诗歌与现代绘画之间的某些关联。③ 这些评论家中,苏亚雷斯-托斯特和塞缪尔斯是贡献较多的两位。从 1996 年至 2002 年,苏亚雷斯-托斯特发表了一系列关于毕晓普诗歌的评论,他将毕晓普与超现实主义画家基里科(Giorgio de Chirico)对比,发现了毕晓普与超现实主义绘画的密切联系。而塞缪尔斯则发现了毕晓普的诗歌深受德国画家克利(Paul Klee)的影响。在《深层的肌肤:

---

① Angus Cleghorn, Bethany Hicok, and Thomas Travisano, "Introduction", in Angus Cleghorn, et al. eds., *Elizabeth Bishop in the 21ˢᵗ Century: Reading the New Editions*, Charlottesville: University of Virginia Press, 2012, p. 4.
② Ernesto Suárez-Toste, " 'Straight from Chirico': Pictorial Surrealism and the Early Elizabeth Bishop", in *Studies in the Humanities*, Vol. 23, No. 2 (December 1996), pp. 185 - 201; Ernesto Suárez-Toste, " 'Une Machine à Coudre Manuelle': Elizabeth Bishop's 'Everyday Surrealism' ", in *Mosaic*, Vol. 22, No. 2 (2000), pp. 143 - 160; Ernesto Suárez-Toste, " 'And Looked Our Infant Sight Away': Nostalgia for the Innocent Gaze in Elizabeth Bishop's Poetry", in *Atlantis*, Vol. 24, No. 2 (2002), pp. 203 - 213; Susan Rosenbaum, "Elizabeth Bishop and the Miniature Museum", in *Journal of Modern Literature*, Vol. 28, No. 2 (2005), pp. 61 - 99; Peggy Samuels, "Elizabeth Bishop and Paul Klee", in *Modernism/Modernity*, Vol. 14, No. 3 (2007), pp. 543 - 568.
③ Peggy Samuels, "Composing Motions: Elizabeth Bishop and Alexander Calder", in Angus Cleghorn, et al. eds., *Elizabeth Bishop in the 21ˢᵗ Century: Reading the New Editions*, Charlottesville: University of Virginia Press, 2012, pp. 153 - 169.

伊丽莎白·毕晓普与视觉艺术》(2010)一书中,她专门论述毕晓普如何汲取艺术家克利、施维特斯(Kurt Schwitters)、考尔德(Alexander Calder)的绘画养分来培育自己的创作模式,为毕晓普诗歌研究提供了全新的视角。在文本穿越方面,周晓晶的著作《伊丽莎白·毕晓普:荫影下的反抗》(1999)[①]借由巴赫金的狂欢化理论,深入挖掘毕晓普诗歌与传统文本之间的密切关联,通过文本细读,多角度地论证了毕晓普如何借鉴和吸收其他艺术形式或创作元素,不断丰富自己的诗歌创作,从而使自己的作品不断获得创造力。卡斯特罗的文章《毕晓普与诗学传统》(2014)[②],不仅探讨了毕晓普的诗歌文本与时代穿越的问题,还揭示了诗人及其作品如何以自己的方式改变和推动文学传统向新的可能维度发展。此外,关于毕晓普在不同文化之间穿越问题的研究,有奥利维拉的传记体小说《爱情花开》(2002)[③]、希科克的新作《伊丽莎白·毕晓

[①] Zhou Xiaojing, *Elizabeth Bishop: Rebel in Shades and Shadows*, New York: Peter Lang, 1999.
[②] Bonnie Costello, "Bishop and the Poetic Tradition", in Angus Cleghorn and Jonathan Ellis, eds., *The Cambridge Companion to Elizabeth Bishop*, New York: Cambridge University Press, 2014, pp. 79 - 94.
[③] Carmen L. Oliveira, *Rare and Commonplace Flowers: The Story of Elizabeth Bishop and Lota de Macedo Soares*, New Brunswick: Rutgers University Press, 2002.

普的巴西》(2016)① 等；关于文化穿越与诗学问题的研究，有蒙特罗的《伊丽莎白·毕晓普在巴西及之后》(2012)② 等；关于同性恋问题的研究，有《自由的学位》(2008)③ 等。

诚然，国外与"越界"相关的研究成果已十分突出，但我们发现，这些研究多半只是在谈毕晓普诗歌中某一问题时自然而然涉及越界的话题，其立论的中心不是"越界"，而是其他议题。即使以"越界"为中心，也仅仅是零碎的就某个方面孤立地进行论述，而没有对毕晓普诗歌越界问题作整体上的观视，也就很难让我们对其作品越界问题有一个全面的认识。

（二）国内研究现状

与国外毕晓普诗歌研究的系统、深入相比，国内的毕晓普诗歌研究起步较晚，差距较大。国内对毕晓普诗歌真正意义上的认识始于改革开放之后。

20世纪80年代，国内有关毕晓普诗歌的翻译开始散见于

---

① Bethany Hicok, *Elizabeth Bishop's Brazil*, Charlottesville: University of Virginia Press, 2016.
② George Monteiro, *Elizabeth Bishop in Brazil and After: A Poetic Career Transformed*, Jefferson: McFarland, 2012.
③ Bethany Hicok, *Degrees of Freedom: American Poets and the Women's College, 1905–1955*, Lewisbrug: Bucknell University Press, 2008.

诗歌选编中。1985年,赵毅衡编译的《美国现代诗选》[1]收录了毕晓普的4篇诗作《不信者》《鱼》《犰狳》《大蜗牛》,第一次将毕晓普的作品介绍给国人。此后,毕晓普的作品陆续被翻译成中文。2002年,丁丽英翻译的《伊丽莎白·毕肖普诗选》[2],包含了诗人发表的大部分作品,是中国读者了解、读解和研究毕晓普诗歌的重要参考译本。2004年,中国台湾地区学者曾珍珍翻译的《写给雨季的歌:伊丽莎白·碧许诗选》[3],基本覆盖了毕晓普的经典诗作,不仅提供了准确的译诗,还提供了诗歌的解读以及相关参考书目,成为前者有益的补充。2015年,包慧怡翻译的《唯有孤独恒常如新》[4]是目前国内迄今为止最为完备的译本。这些译介为国内毕晓普诗歌研究的开展做好了文本上的准备。

国内毕晓普诗歌研究,是由2001年马永坡翻译文德勒的文章《家园化、家园性与异在世界:伊丽莎白·毕肖普》[5]而拉开序幕的。此后,关于毕晓普诗歌的研究开始不断增多,这

---

[1] 赵毅衡编译:《美国现代诗选》,外国文学出版社1985年版。
[2] 毕肖普著,丁丽英译:《伊丽莎白·毕肖普诗选》,河北教育出版社2002年版。
[3] 碧许著,曾珍珍译:《写给雨季的歌:伊丽莎白·碧许诗选》,台北木马文化事业有限公司2004年版。
[4] 毕肖普著,包慧怡译:《唯有孤独恒常如新》,湖南文艺出版社2015年版。
[5] 文德勒著,马永坡译:《家园化、家园性与异在世界:伊丽莎白·毕肖普》,《诗探索》2001年第1—2辑。

些研究主要集中在以下几个方面：

1. 关于形式风格方面的研究。如殷晓芳的《内心的外化：毕肖普诗歌的"无意识"修辞》[1] 分析了毕晓普诗歌的"无意识"修辞艺术；李佩仑的《另一种修辞：不动声色的内心决斗》[2] 探析了毕晓普诗歌的诗写艺术等。

2. 关于主题意象方面的研究。如殷晓芳的《毕肖普的"水"诗歌：认知、记忆与"否定的感召力"》[3]、徐蕾的《论毕晓普诗歌中的水意象的心理机制》[4] 等均探讨了贯穿毕晓普作品的"水"意象与认知心理的深刻关联。

3. 关于旅行写作与文化穿越方面的研究。如殷晓芳的《伊丽莎白·毕肖普：旅行书写与空间诗学的政治性》[5]、张跃军的《回忆与方位·历史与现实·性别意识与身份认同——毕晓普〈地理之三〉的一种解读》[6] 等是这方面的代表作，也是

---

[1] 殷晓芳：《内心的外化：毕肖普诗歌的"无意识"修辞》，《外国文学评论》2008年第1期。
[2] 李佩仑：《另一种修辞：不动声色的内心决斗——论伊丽莎白·毕肖普的诗歌艺术》，《外国文学评论》2009年第2期。
[3] 殷晓芳：《毕肖普的"水"诗歌：认知、记忆与"否定的感知力"》，《国外文学》2009年第1期。
[4] 徐蕾：《论毕晓普诗歌中水意象的心理机制》，《外国文学研究》2009年第2期。
[5] 殷晓芳：《伊丽莎白·毕肖普：旅行书写与空间诗学的政治性》，《当代外国文学》2012年第2期。
[6] 张跃军：《回忆与方位·历史与现实·性别意识与身份认同》，《国外文学》2013年第2期。

国内少有的涉及毕晓普诗歌越界问题的文章。

关于毕晓普的研究专著，国内出版了蔡天新的《与伊丽莎白同行》（2007）[①]和胡英的《伊丽莎白·毕晓普诗歌研究》（2015）[②]。前者以游记的形式追溯了毕晓普传奇的一生，为读者了解和认识毕晓普提供了指南。后者则对毕晓普的生平、诗歌风格与渊源、诗歌主题、诗歌特点等进行梳理与解析，尽管其研究显得不够深入，但仍不失为国内第一本研究毕晓普诗歌的专著。此外，李文萍的《摩尔、毕晓普和普拉斯的认知诗学研究》（2014）[③]涉及毕晓普诗歌中人与自然、婚姻家庭、现代人的生存状况等议题。

毫不夸张地说，目前国内毕晓普诗歌研究尚处于起步阶段。随着对国外毕晓普诗歌研究的不断引介，中国的毕晓普诗歌研究会向纵深发展，同时也会积极拓展新的可能的研究空间。

综上所述，今天的毕晓普诗歌研究视野开阔，视角多元、灵活，并且拥有数量庞大的论著，不管是在篇幅还是研究范围上，都达到了前所未有的高度。在西方现代作家中，能吸引如

[①] 蔡天新：《与伊丽莎白同行》，花城出版社2007年版。
[②] 胡英：《伊丽莎白·毕晓普诗歌研究》，华中师范大学出版社2015年版。
[③] 李文萍：《摩尔、毕肖普和普拉斯的认知诗学研究》，东北师范大学出版社2014年版。

此众多批评的，并不多见。但是，在这庞大的批评体系中，对毕晓普的批评分歧之大，意见之驳杂，也是鲜见的。正如学者所言，在新的世纪，毕晓普不只是阿什伯里所言的"诗人的诗人"，而是作为"一个作家、一个人和一个文化偶像"[1] 出现在评论界和读者心中。这一点，在今天的毕晓普诗歌研究界成为了现实，不仅如此，批评家们还在不断发现和探索毕晓普新的文学遗产，并在多个学术研究难点上取得重大进展。

三、结构安排

基于上述国内外研究成果，本书尝试从毕晓普诗歌的"越界"问题入手，以越界所蕴含的界限与逾越、否定与肯定的辩证思想为指导，以细读文本为基础，对毕晓普的诗歌进行全面考察。将毕晓普置于宏大的历史文化语境进行考量的同时，笔者聚焦毕晓普诗歌创作在多个维度、不同层面的跨越，深入剖析其作品所呈现出来的奇特的越界现象，努力挖掘其诗歌越界背后的理论价值与现实意义，为全面认识和把握毕晓普诗歌创

---

[1] Angus Cleghorn, Bethany Hicok, and Thomas Travisano, "Introduction", in Angus Cleghorn, et al. eds., *Elizabeth Bishop in the 21st Century: Reading the New Editions*, Charlottesville: University of Virginia Press, 2012, p. 3.

作的丰富内涵,为合理确立毕晓普在美国诗歌史上的地位,也为研究西方诗歌的现代转型提供有益的启示。

　　本书从越界的视角切入,是因为越界在毕晓普诗歌创作中占有重要地位。毕晓普诗歌的越界,不单指跨越民族国家区域的界限,也指跨越学科、文化、方法、视野的边界,同时还超越文本,进入社会及历史现场,回到文学产生的场域,有时也有必要打通古今,进出现代与古代之间。因此,毕晓普诗歌的"越界"之"界",除了国境边界之"界"外,还表现在思想文化内容上,也表现在语言文体技巧上。事实上,毕晓普的诗歌经常往返于物质世界和精神世界;来回于时间维度与空间维度;或逡巡于不同的语言文化之间;或流连在不同艺术学科之中。这些不同领域、维度和层面的交融、叠合,正是本书所谓的越界。种种跨越,为的就是要设法贴切地去解读其诗歌作品。

　　本书共由六章组成。首先是对越界思想史的梳理,并将其转化为毕晓普诗歌批评的向度,指出越界已然成为毕晓普诗歌诠释的重要原则,极大地丰富了毕晓普诗歌创作的内涵。在此基础上,从批评思想与文学实践方面回顾毕晓普诗歌越界理论的形成,进而把目光转向毕晓普的诗歌作品,由越界所包蕴的肯定与否定的辩证思想出发,解读其作品所彰显的批判意识与思想坚守。具体而言：

第一章："越界理论"，从越界的思想文化史谈起，对越界概念进行厘定，指出这个概念所蕴含的"界限与越界""批评与创造"相互倚重的关系。然后，将其与毕晓普的越界思想结合起来，指出毕晓普诗歌的发展是一个不断突破成规、逾越界限的历程，是诗人把握这个已然超越普通人理解力时代的重要方式。

第二章："学科越界：跨学科交往"，毕晓普的诗歌打破了诗歌与绘画的界限，诗中有画，画中有诗。而且，还超越了诗歌与宗教的界限，对宗教进行抽象继承和现代阐释，在艺术与宗教的碰撞中，确立了自己的诗学观，用"神圣精神"去援助诗歌创作并实现其形变，让诗与宗教共同指引现代人类。

第三章："空间越界：多元文化思考"，毕晓普的移居身份和旅行生涯，注定了她在地理空间和文化空间上的越界生存状态。毕晓普的诗歌以加拿大、美国、巴西三个地理空间为主，间或以欧洲、非洲等地旅行见闻为参照，恰切地显示了她身处多元文化语境下的矛盾心态和复杂身份，表达了作者对自我与他者、自然与文化、自由与界限等问题的哲理性思考。

第四章："性别越界：同性欲望幻想"，毕晓普的"新女性"意识，不仅开放了性、性别、权力、欲望的流通与互动，也提供了思考和文本写作策略的可能。毕晓普的同性恋写作，是其主体心灵和生命爱欲的经验呈现，展示了西方现代同性恋在社会历史转型时期那一代人的心灵图式，其"抵抗式"写作是摆脱性别奴役，促进社会变革，进而实现爱欲解放的重要力量。

第五章："文本越界：古今文学比较"，毕晓普的诗歌经常游走在现代文本和传统文本之间，不断跨越文本固有的界限，努力探索自我创作发展的路径，在继承传统的同时又充分发挥个人才能，以自己特有的方式改变和推动诗歌传统的发展。

第六章："越界，融合与创新"，即结论部分，以毕晓普越界思想为依托，归纳毕晓普的诗歌创作在继承与融合文学传统、当前文化和现代学科的基础上取得的超越与创新之处，并重申毕晓普在美国诗坛的重要地位。

通过以上分析，可以看出，毕晓普诗歌越界研究具有三方面的意义：

（一）以越界为切入点，勾勒和论述毕晓普诗歌创作的跨界性特征，有助于我们深刻理解毕晓普诗学思想的完整体系，充实毕晓普诗学研究。

（二）毕晓普的诗歌创作位于从现代主义走向后现代主义转型之链环上，探索其诗歌创作越界性特征的发展脉络和生成理据，以及其对现代主义和后现代主义诗学的影响，可以丰富和发展现代诗学理论。

（三）毕晓普诗歌越界思想向我们揭示，越界不只是凸显界限的认识论问题，而是强调越过界限后，人们以有限接近无限的可能性问题，其越界背后有着更为深厚的人文关怀。

第一章

越界理论

毕晓普诗歌越界概说

　　人类的发展史，是一部不断突破成规，逾越界限的历史。从越界思想的发展脉络追溯起，借由对越界思想架构的深化，试图建立一个适宜的诠释模式。萨德、尼采、巴塔耶、布朗肖、福柯等人对情色世界、极限世界、疯狂世界的关注，为越界思想提供了一种观察的向度。他们所追求的，不是理性主体的系统性论述，而是探求越界思想从何而来，又是如何产生的。经由这样的路径，从批评思想与文学实践方面回顾毕晓普诗歌越界理论的形成，并在文本里发现诗人对界限的思考，以及如何看待界限与越界、批评与创造等问题，借此观察诗人的心理世界与真实的经验感。在此基础上，结合具体的文化语境和相关的理论资源，系统阐述毕晓普越界思想的形成与发展，并将毕晓普的越界思维转化为文学批评的思考向度，集中在空间、书写形式、性别等议题上，分别展开对越界现象的深入探索，以期获得对毕晓普诗歌越界问题的整体掌握。

（一）越界的思想史

关于越界的说法，依据福柯《越界序言》（1963）的研究，从数位思想家手中建立起历史脉络，他们分别是萨德、尼采、巴塔耶、布朗肖等。他们所提出的越界概念，是质疑笛卡儿乃至黑格尔所阐述的理性主体。[①] 这种理性主体隐藏的形而上的普遍价值，是界限之内的中心，是以一种完整的意义架构，固定界限。他们认为，思想家所寻求的不是普遍的价值，也不是界限的稳定性，而是一种脱离完整的、原有的意义架构路径，开创界限之外的无限可能性。他们或通过著书立说，或通过自

---

① 17世纪的笛卡儿，把自我的主体意识，视为一种理性的思考意识。自笛卡儿以后，西方的主体哲学发展至康德，达到高峰。康德认为，主体意识的经验部分，来自主体的感官印象。因此笛卡儿和康德两人是以理性的角度来分析主体，把主体视为理性的意识。到了黑格尔，则强调主体的自觉，他把哲学放在历史流变的问题来谈，并开显出文化哲学的面向。在黑格尔之后，福科的研究指出，主体包含两种意义，一是以自我意识或良知而建立起来的自我认同，一是受制或依从于他者的自我。两者之中，他更强调被主宰的主体，意即主体是由权力影响的各种关系所塑造。关于主体的讨论，详见谭国根：《主体建构政治与现代中国文学》，香港牛津大学出版社2000年版，第13—30页。

身行动，为越界思想的嬗变提供了理论资源。

论及欧洲现代早期越界思想的发展，人们很自然地联想起18世纪法国情色大师萨德侯爵，他以惊世骇俗的性描写，展现欲望的无限可能。然而，与萨德的性越界相比，尼采的越界思想，则体现在运用逻辑思辨对社会形态的合理性提出质疑，将不确定性从牢笼中解放出来，从而拉开"重估一切价值"的序幕，并最终宣告"上帝死了"。尼采的最大贡献在于，他对道德理性的批判。他认为，唯有跨越道德和理性的界限，将自己置身于危险面前，才能获致意想不到的快感。关于道德理性的批判，尼采说：

> 当在一种情况，"因果法则"（Causation law）不再具有决定性时，人将遭遇的巨大的怖慄之感。如果我们在此怖慄之上，加以那由于人们之"个体原则"的破碎所引起心荡神迷之感，即使是由自然本性之最底层升起的，那么我们便处于一种足以使我们领会狄奥尼索斯之狂喜（Dionysiac rapture）的情态之中，近乎身体上的一种陶醉之感。[①]

[①] 尼采著，李长俊译：《悲剧的诞生》，湖南人民出版社1986年版，第23页。

第一章 越界理论

尼采认为，酒神精神可以使得被抑制的自然本性再度升起。于是，尼采的酒神精神有力地挑战了理性中心的思考，也间接地开放了各种思想或情感的可能性。

萨德、尼采的越界思想极大地影响了后来的巴塔耶、布朗肖、福柯等人对界限的思考。有"后现代思想策源地"之称的巴塔耶，这位"尼采的信徒，科耶夫的忠实听众，萨特的潜在对手，布朗肖和列维纳斯的同道，后结构主义者——福柯、德里达、鲍德里亚、克里斯蒂娃等——频频示敬的先驱"①，因其对情色、耗费、过量、死亡的书写，成为"与越界概念息息相关"② 的人。巴塔耶认为，现代理性的中心原则，是在驱逐爱欲和放纵中建立的，然唯有经历放纵爱欲的狂欢体验，个体才能超越自我的界限，获取自身的整体性。这一越界思想的提出，使得他觉察到现代理性封闭完整的论述，以及其合理性与权威性都是建立在排除"异质因素"(heterogeneous matter)③ 的先决条件之上的。因此，考虑异质因素，以"否定"本身，这类具有异质性、片段的、流动的等特征，作为思维模式的基础，而

---

① 巴塔耶著，汪民安编：《色情、耗费与普遍经济：乔治·巴塔耶文选》，吉林人民出版社2011年版，第3页。
② Chris Jenks, *Transgression*, London: Routledge, 2003, p. 87.
③ Georges Bataille, *Visions of Excess: Selected Writings, 1927–1939*, Minneapolis: University of Minnesota Press, 1985, p. xi.

不是以"肯定"为旨归，将是抗拒现代理性的利器，也是摆脱封闭论述的契机。所以，越界与其说是"超越"，不如说是"回归否定性本来的运作"[1]。

延续巴塔耶对越界的关注，法国思想家、文学理论家布朗肖认为，越界所指引出的是，对"无法企及境界"的争取和对"无法通达境地"的通达，"界限则是权力范围的终点"[2]。鉴于此，越界不是为了争权夺利，而是为了进入一个场域，越界的产生，必须是在权力和宰制消亡之际，逾越无法超越者。进一步说，越界的产生，必须是在理性主体消失之后。理性主体的强势作为，并不能使越界降临。布朗肖以写作来实践他的"极限经验"（the limit-experience）。承袭巴塔耶的"内在经验"，布朗肖的"极限经验"产生于越界的冲动，是"人决定强烈质疑自己遭遇的反应"[3]，其发生必然是以理性主体的泯灭为前提。布朗肖认为，书写的越界，不是始于作者的主观意志，而是在作者死后。同样，文学作品也不应以负载理性中心为原则，而是以"片段的"（fragmentary）形式，展开对身

---

[1] 蔡淑玲：《巴岱仪的否定与逾越》，《中外文学》1995年第2期。
[2] Maurice Blanchot, *The Infinite Conversation*, trans. Susan Hanson, Minneapolis: University of Minnesota Press, 1993, p. 453.
[3] Maurice Blanchot, *The Infinite Conversation*, trans. Susan Hanson, Minneapolis: University of Minnesota Press, 1993, p. 203.

体、情态、欲望、死亡等范畴的论述,继而开拓出无限的文学空间。在这个空间里,文学既不指涉外在的现实,也不反映主体内在的意志,而是一种"艺术的狂喜"经验。它所带来的不是虚无,而是"无穷尽的意义丰富性"[1],它既神秘,又神圣。

作为越界思想的集大成者,福柯从巴塔耶、布朗肖等人对越界的思考中,提出了他对越界的阐释。他认为,界限与越界之间是一种游戏性关系:"界限和逾越的游戏,为这样一种简单的固执性所控制,逾越不停的穿越,然后再穿越它后面、瞬间式波浪般的闭锁之线,如此才能再返回到不可穿越的地域。"[2] 其中说明,当越界者越过界限后,马上又面临新的界限,而新的界限的出现,则构成再次越界的基础。在福柯的观察里,逾越不是否定一切,而是在确认界限的存在,并开辟出一个无界限性的区域。最后,福柯用黑夜和闪电的比喻作了说明:

> 逾越与界限之间的关系并非黑与白、合法与违法、表

---

[1] Maurice Blanchot, *The Space of Literature*, trans. Ann Smock, Lincoln: University of Nebraska Press, 1982, p. 151.
[2] Michel Foucault, "Preface to Transgression", in *Language, Counter-Memory, Practice: Selected Essays and Interviews*, trans. Donald F. Bouchard and Sherry Simon, Oxford: Basil Blackwell, 1977, p. 34.

与里、建筑物内部空间与外部空间那样分明。相反，它们之间的关系呈现出螺旋发展样态，非简单的越界可以穷尽。也许就像黑夜的闪电，当闪电开始的时候，它自上而下、从内部照亮了夜空，但同时也给它所否定的黑夜以更加深沉、浓重的夜之黑，而闪电刺眼的光芒，具有穿透力和泰然的独特性在黑夜里彰显……①

闪电照亮黑夜而强化了夜的黑，而自身由于夜的黑得到强化，这是一组相互依存和相互强化的力量。在这个过程中，越界的行为因其不断的逾越而得到加强，并不断地开辟出新的空间或地带，以至无穷。

纵观西方越界思想发展史，可以发现，越界是一个不断质疑理性中心的过程，而越界思想可以说是一种"界外思想"，其关注点在相对于主体之外的边缘区域。作为思想方法，越界为观察世界提供了一种向度。它强调越界与界限之间相互依赖的关系：越界不是对界限的否定，而是对界限的超越与成全，如果界限不能被跨越，界限不会存在，自然越界不会有意义，

---

① Michel Foucault, "Preface to Transgression", in *Language, Counter-Memory, Practice: Selected Essays and Interviews*, trans. Donald F. Bouchard and Sherry Simon, Oxford: Basil Blackwell, 1977, p. 35.

但逾越界限不等于界限的消失,而只能是被波浪般的后起界限所取代,从而形成一个新的动态平衡。因此,从越界的观点出发,考察诗人毕晓普如何在已有界限的区隔下,质疑自身的遭遇,并作出反应,将是一个别具意义的切入点。

(二)毕晓普的界限写作

最近,我一直在反复阅读坡,并从坡和布朗爵士的作品中发展出一种全部属于我的创作理论。它就是"界限写作"风格,我相信,不久你将会看到一些结果。有迹象表明,(《在狱中》)在三月份的《党派评论》(*Partisan Review*)中已见端倪。但现在我又想起一件事来,每一星期,正逢算命先生为女房东卢拉小姐"签牌"的时候,一个轻松而又愉快的小歌剧在这儿上演。房东太太耳聋,端坐着抱起她的小装置,这让她看上去很像神职人员——乐器总是出错,一些美妙的音乐夹杂着刺耳的杂音。……其中,大多数动听的乐曲可能是从我(和基维斯特的每个人)正在阅读的一本书——《萨利阿姨的断梦占卜书》中制作而成。①

---

① Elizabeth Bishop, *One Art: Letters*, New York: Farrar, Straus and Giroux, 1994, p. 71.

1938年5月，毕晓普在写给好友布劳的信中，提出了"界限写作"理论。关于她的"界限写作"(proliferal)，评论家隆巴蒂曾一语道破玄机："作为新术语，界限写作就像是毕晓普将其新诗学的两个关键点进行嫁接——它的'边缘'(peripheral)视角和对'衍生/扩散'(proliferating)细节的关注。"[1] 换言之，界限写作是关于界限的思考与写作。事实上，毕晓普本人对此早有暗示。在1978年3月的采访中，毕晓普明确告知读者，诗歌创作的奥秘在于"进入界外的世界(outside yourself)"，"内容越是域外的，作品就越不同凡响"[2]，即对界外思想的追求上。在此，姑且以毕晓普的寓言《在狱中》(1938)为基础，辅之以后结构主义的思想方法，阐释并厘清毕晓普诗歌创作中富含哲性的越界思想。

1. 越界与界限存在

界限是人的发明物，存在于人类生活的各个方面。身处"界限"中的人们，由于早已习惯它的存在，就见怪不怪了。然而，对于天性敏感的毕晓普而言，一次偶然的旅途以及随后

---

[1] Marilyn May Lombardi, *The Body and the Song: Elizabeth Bishop's Poetics*, Carbondale and Edwardsville: Southern Illinois University Press, 1995, p. 104.
[2] Alexandra Johnson, "Geography of the Imagination", in George Monteiro, ed., *Conversations with Elizabeth Bishop*, Jackson: University Press of Mississippi, 1996, p. 101.

的见闻,在她幼小的心灵播下了"界限"的种子。6岁那年,祖父母亲自到新斯科舍接她回美国,毕晓普感觉,"我就像被绑架似的"①。

在回忆录《乡村老鼠》中,毕晓普写道:

> 没有商量,我就被强制性地带回我父亲出生的房子里,他们将我从贫穷的乡村生活中拯救出来,从赤脚、羊肉布丁、不洁净的学校地板,甚至母系家族的倒卷的"r"化音中解放出来。几个星期前,才知道祖父母的名字,现在居然要和他们一起开始新的生活。②

在毕晓普的认识中,界限不仅指地理意义上的界限,更甚者,它还是一种文化、心理上的隐喻性存在。

作为界限写作"隐藏的宣言"③,《在狱中》反复强调越界对于界限存在的依赖性。一开篇,诗人就迫不及待地陈述自己的理想,并承认要实现理想,将不可避免地牵扯到界限与自由

---

① Elizabeth Bishop, *Prose*, New York: Farrar, Straus and Giroux, 2011, p. 87.
② Elizabeth Bishop, *Prose*, New York: Farrar, Straus and Giroux, 2011, p. 89.
③ Jacqueline Vaught Brogan, "Elizabeth Bishop: Perversity as Voice", in Marilyn May Lombardi, ed., *Elizabeth Bishop: The Geography of Gender*, Charlottesville: University Press of Virginia, 1993, p. 184.

的悖论：

> 我几乎等不及进入监狱的那一天。然后，我的生活，新的生活，才会开始。正如霍桑在《情报间》中所说，"我想要我的空间，属于我自己的空间，世界上真实的空间，适合我的地带，大自然赋予我的事情……"①

毕晓普的越界直接建基于界限：无论是《想象的冰山》中的冰山、《克鲁索在英格兰》中的孤岛，还是《三月之末》中的梦屋，大都出自界限，是对界限存在的真实体验。同样，毕晓普努力地将自己投身于监狱，并在监狱中思考自身的存在，以及大自然赋予"我"的责任。

关于"我与社会"的关系，毕晓普说："我仿佛生活在监狱。"②确实，毕晓普一直生存在社会的边缘地带。在基维斯特，她不仅生活在地理意义上的边缘，而且还生活在情感上的边缘。作为诗人，毕晓普不满当时文坛乱象，而作为同性恋者，她又不为当时社会所容。进退失据的两难境地，使得毕晓

---

①② Elizabeth Bishop, *Prose*, New York: Farrar, Straus and Giroux, 2011, p. 18.

普不得不选择投身监狱，"一个人必须进去，这是首要条件"①。毕晓普认为，只有走进了监狱，人们才能思考生活的意义，才能明白大自然赋予的可能性。

2. 界限与可能性

毕晓普对"界限与可能性"②的追求，是她长期越界心理冲动的结果。虽然她选择了身体的监禁，但她更渴望精神的穿越。德里达说，"穿越，并打破牢笼"③。毕晓普在不断地穿越，不断地进行自我的探索。毕晓普说："多年前，我已经明白我的才能和我的'适当领域'，我一直渴望进入它。一旦那天到来，成规消失，我将懂得如何履行'大自然赋予我的'使命。"④ 正是基于对界限的清醒认识，毕晓普能够不断地与各种界限作斗争，并最终形成逾越它的欲望。

作为被各种界限所规定的模型，毕晓普的"监狱"是一个充满象征意味的封闭空间，它既是界限的缩影，也是外界的绝缘体。安扎尔杜瓦说，"建立界限是为了定义安全和不安全的

---

① Elizabeth Bishop, *Prose*, New York: Farrar, Straus and Giroux, 2011, p. 19.
② Elizabeth Bishop, *Prose*, New York: Farrar, Straus and Giroux, 2011, p. 20.
③ Jacques Derrida, "Living On Border Lines", in Harold Bloom et al. eds., *Deconstruction and Criticism*, trans. James Hulbert, New York: Seabury Press, 1979, p. 84.
④ Elizabeth Bishop, *Prose*, New York: Farrar, Straus and Giroux, 2011, p. 18.

地方"①。毕晓普的监禁，不仅可以保护她的人身安全，还可以确保她的精神自由。作为监狱的一部分，"墙"也被赋予了界限的意义，成为界限与可能性的绝佳隐喻。毕晓普说：

> 我心目中的墙，有着趣味的污渍，脱皮，甚或毁容；……未染漆的墙板，具备各式纹理的可能性，或具有不规则形状的石头质地，有时才能让我满意，……四处的油漆已经脱落，在一个不规则、有斜面的边沿，流露出，墙之下的规则性。②

在墙面的分隔下，毕晓普阐释了墙外的"规则性"，准确地说，是"可能性"，其"脱皮"（peeled）的概念，巧妙地揭示了皮层之下深层的东西，触及了界限写作的真谛。

界限写作，源于现实的无法实现，想象力才得以萌生，在这想象的空间里，生活中不可能的逾越得到实现。在接触不可能的过程中，毕晓普说，只有"具备各式纹理的可能性，或具有不规则形状的石头质地"，亦即是说，只有界限达到一定强

---

① Gloria Anzaldua, *Borderlands: La Frontera*, San Francisco: Aunt Lute Books, 1993, p. 3.
② Elizabeth Bishop, *Prose*, New York: Farrar, Straus and Giroux, 2011, pp. 20–21.

度时，诗人才能获得逾越的快感："体验到一种自由的良心。"① 无独有偶，在监狱中，毕晓普还渴望阅读乏味的书，"越枯燥越好"，且"主题对我来说是完全陌生的；最好是第二卷，如果第一卷能让我熟悉这本书的术语和目的"②。因为，只有这样，她才能"无须按照它的意图来解释"③。在此，毕晓普实验出一种后结构主义的写作方式，文字一旦被书写，"主体与客体、内与外、中心与边缘、独创与仿制的二元层级得以颠覆"④，其意义如灾难般溃散，不仅无以名状，也是一种不可能的逾越经验。

最后，毕晓普以"墙上的书写"为例，形象地阐释了界限写作的可能性。她写道：

> 在查阅上述那本书之前，我会仔细阅读（或尝试阅读，因为它们可能部分被抹去了，或者是用外语写成的）墙上雕刻的铭文。然后，我会调整自己的创作，使它与之前狱友的写作不相抵触。虽然新狱友的声音将被注意到，但它不会与已有的铭文有任何矛盾或抵牾之处，确切地

---

①②③ Elizabeth Bishop, *Prose*, New York: Farrar, Straus and Giroux, 2011, p. 22.
④ Mutlu Konuk Blasing, *American Poetry: The Rhetoric of Its Forms*, New Haven: Yale University Press, 1987, p. 105.

说，是"批评"。……它们将会是简短的、暗示的、痛苦的，但充满启示的光芒。①

毕晓普认为，界限写作是一种续写、改写、批评与创造。在这个过程中，人们从文本、知识、语言限制的体会，转变到批评的路径，产生否定性的自我颠覆，继而创造出一个无限可能性的世界。透过越界，人们可以从有限接近无限。

3. 越界与抵抗政治

作为文化现象，越界不仅是现实生活的一部分，也是人类质疑自身遭遇，突破现实囿限的一种方式。当主体跨过界限后，各种性别、权力、欲望开始产生流通和互动，个体生命在界限与权力的纠缠抵抗中发生变化，其意义得到实现。毕晓普认为，要想使生命具有意义，人们的行为必须与众不同。为了在监狱中扮演更重要的角色，毕晓普研究出一套抵抗的方法：

> 我将设法使我的囚服与其他狱友不同。我应当把衬衫顶部的纽扣解下来，将长袖卷到手腕与肘部之间——随意点，冷酷点。另一方面，如果这已经是监狱里的主调，我

---

① Elizabeth Bishop, *Prose*, New York: Farrar, Straus and Giroux, 2011, p. 23.

第一章 越界理论

> 将倾向一种严肃的、古板的风格。……然而,这任何一方面都没有不真诚;这是我关于在监狱生活角色的看法。它完全不同于狱外的"反叛者";这是一种非传统的、可能是反叛的,但在阴影之下。①

毕晓普的方法,有助于她建立一种完全不同于其他狱友的行事风格,而这种风格的形成,有赖于她对狱中不同传统惯例所做出的抗争和调整。借由他者的介入、生活形态的改变,原本对立宰制的状况,汰换成越界后,无穷的想象与创造力将直达灵魂,最终产生出意想不到的效果。在持续不断的抵抗传统规范的过程中,毕晓普实现了一种"非传统的"、可能是"在阴影之下"的反叛。

归根结底,毕晓普的界限写作,是一种关于界限的写作,关于越界的思考,关于圈定界限,然后再逾越界限的思想。越界可以说是物质的、精神的或灵魂的越界。无论如何,越界是通过跨越界限来实现的,当界限暴露给外界,使其接触新的组合,而后才能创造新的境界。从这个意义上说,毕晓普的越界,必须有界限的存在,在界限达到一定强度时,界限的突破,才能开辟无限的可能性,最后进入新的领域。因此,毕晓

---

① Elizabeth Bishop, *Prose*, New York: Farrar, Straus and Giroux, 2011, p. 23.

普的越界思想可以概括为：（1）毕晓普的越界是一种创造性的突破，是导致事物变化的过程；（2）界限与越界不是二元对立，不是矛盾，而是一个过程的两个步骤，越界本身内在于界限之中；（3）越界只有在界限达到一定强度时才能发生，两者之间不是否定关系，而是一种生成关系。

（三）毕晓普的越界思想

毕晓普的越界思想深植于西方悠久的文化和文学传统。"二战"后美国社会的剧烈变革，为毕晓普越界思想的产生提供了社会背景，在其理论中留下了清晰可见的印记。超越新批评是毕晓普越界思想发生的理论背景。坡、布朗爵士、玄学派诗人等西方哲学和美学家的思想，为毕晓普越界思想的形成提供了重要的思想来源。毕晓普越界思想涉及空间、书写形式、性别等范畴，其理论在实践中不断得到检验并发挥作用。

1. 文化语境

毕晓普写作的年代，是美国历史上的"黑暗时代"[1]。"二战"结束后，美国和苏联为了争夺世界霸权，开启了漫长的冷战时代。美国政府在国内推行麦卡锡主义，不断加强思想控

---

[1] Marty Jezer, *The Dark Ages: Life in the United States, 1945–1960*, Boston: South End Press, 1982.

制，压制和迫害共产党员和异见人士。1953年，罗森堡夫妇以向苏联提供制造原子弹情报的罪名而被处决，美国社会笼罩着令人窒息的低迷气氛。国家氛围的改变，令一大批年轻人对标榜为西方民主国家典范的美国政府备感失望，毕晓普选择离开纽约，前往巴西，在那里生活了近20年，度过了自认为生命中最幸福的时光。

身体的放逐并不表示内心的流逝，离开也许是为了更好地走近。20世纪50年代中期以后，美国社会进入历史上动荡不安的年代：越战、嬉皮士运动、少数族裔民权运动、同性恋运动、反战等各种政治运动此起彼伏，美国社会价值观念发生了剧烈变化。人们逐渐对稳定的、一成不变的传统价值产生高度怀疑，其价值观呈现多元主义态势。反体制、反中心、反权威成为这个时代的文化印记。1957年，毕晓普首度从巴西回国，面对当时的美国文化，她感到无比震惊和痛心，她说"每次短暂的旅行……归来时心情很沮丧"[①]。美国社会的文化乱象，使得毕晓普和当时有社会良知和历史责任感的文学家们纷纷在自己的作品中，展示这种弥漫在社会中的无奈和反叛情绪。洛

---

① Elizabeth Bishop and Robert Lowell, *Words in Air: The Complete Correspondence between Elizabeth Bishop and Robert Lowell*, New York: Farrar, Straus and Giroux, 2008, pp. 228-229.

威尔的《生活研究》,以大胆直白的方式,将个人的私密生活、人性的阴暗面赤裸裸地呈现出来,揭示了美国社会的堕落、西方文明的沉沦。毕晓普认为,洛威尔的诗集是"美国历史的反讽"①,是一部里程碑式作品。

与洛威尔的自白式反叛相比,毕晓普选择了沉默的反抗。她用自然、克制的笔触,表现人们在激烈转型过程中无所适从、无可奈何的生存状态,期待在话语的争夺中建立新秩序、新世界。是故,毕晓普以"沉默"和"空间"作为反抗当时文化的必要条件。她尤为推崇韦伯恩的《短小的器乐曲》,将它视为反抗文化的典型。毕晓普认为,这部器乐曲是她"一直想要听到的,模糊的、从未有过的、真正的'现代的'"作品,"那种奇怪的沉默,……几乎每个当代人都喜欢",其"沉默、关爱、空间,孤立无助但又意志坚定"② 是我们时代每个人所需要的。正是在这个沉默的空间里,毕晓普实现了文化的反叛,完成了生命的逾越。因此,毕晓普的越界思想,是对当时美国文化的思考和对人类生存境遇的回应。

---

① Elizabeth Bishop and Robert Lowell, *Words in Air: The Complete Correspondence between Elizabeth Bishop and Robert Lowell*, New York: Farrar, Straus and Giroux, 2008, p. 290.
② Elizabeth Bishop and Robert Lowell, *Words in Air: The Complete Correspondence between Elizabeth Bishop and Robert Lowell*, New York: Farrar, Straus and Giroux, 2008, p. 250.

2. 思想来源

1920年代，新批评在英美文学界产生，经过近30年的发展，于1950年代达到顶峰，随后开始衰落。作为"理性化的现代主义"[1]，新批评方法僵化和科学化，使得它的解释范围越来越小，越来越走向极端，"新批评的发展正当北美文学批评竭力走向'专业化'、竭力成为一门可接受的体面学科的年代。它的全套批评工具是按照硬科学自己提出的条件与硬科学竞争的一种方法，因为在这个社会中，这种科学是占据统治地位的知识标准"[2]。新批评的科学化和标准化，严重地阻碍了文学、文学理论、文学批评的发展，超越新批评，建立新的理论和批评范式成为必然。与同时代大多数文学家和理论家不同，毕晓普选择向传统回归。作为具有个人特色和原创性思想，毕晓普的越界思想主要源自"坡的思想"和"17世纪散文"[3]思想。

（1）坡的创作哲学

坡是美国伟大的诗人、小说家和文学评论家，也是毕晓普所倚重的作家。其"创造性"思想深刻地影响着她。在《创作

---

[1] David Perkins, *A History of Modern Poetry: Modernism and After*, Cambridge: Harvard University Press, 1987, p. 334.
[2] Terry Eagleton, *Literary Theory: An Introduction*, Malden: Blackwell Publishing, 2008, p. 43.
[3] Elizabeth Bishop, *One Art: Letters*, New York: Farrar, Straus and Giroux, 1994, p. 73.

哲学》中，坡认为"创造性绝非像有些人以为的那样凭冲动或直觉就能获得"①。坡说，"创造必须经过殚精竭虑的求索，而且它更多的是需要否定的勇气，而不仅仅是创造能力，尽管创造能力于创造极为重要"②。上述片段是毕晓普援引坡的理论评价莫尔的作品："莫尔小姐和坡是两位极具创造性的作家。"③ 当然，这也完全适用于她自己。坡的创造性思想，是一种"殚精竭虑的求索"，一种需要"否定的勇气"而不只是"创造能力"。言外之意，否定力其实是比创造力更为重要的力量。这一否定性的思维成为毕晓普越界思想的动力和源泉。

另外，坡的"潜台词"理论，对毕晓普越界思想的形成产生了重要的影响。同样是，在《创作哲学》中，坡强调，"得有点暗示性——或曰潜台词，不管其含义是多么不确定"，因为，"暗示性可以使艺术作品意味深长"④。当然，意味深长并不等于哲学家的理念，它更强调潜在与显在，或者说界限与可能性之间的关系。对于艺术家而言，意味深长必不可少。毕晓

---

① Edgar Allen Poe, "The Philosophy of Composition", in George Perkins et al. eds., *The American Tradition in Literature*, New York: Random House, 1985, p. 1264.
② Elizabeth Bishop, *Prose*, New York: Farrar, Straus and Giroux, 2011, pp. 256 - 257.
③ Elizabeth Bishop, *Prose*, New York: Farrar, Straus and Giroux, 2011, p. 256.
④ Edgar Allen Poe, "The Philosophy of Composition", in George Perkins et al. eds., *The American Tradition in Literature*, New York: Random House, 1985, p. 1266.

普的《在狱中》，无论是在形式上还是内容上，都体现了坡的潜台词理论，是其创造性思想的重要组成部分。

(2) 巴洛克散文风格

巴洛克是17世纪风行于欧洲的一种艺术风格。它极力强调运动，其运动、变化的观点为毕晓普的越界思想提供了启示。1930年代，毕晓普阅读了克罗尔的文章《巴洛克散文风格》，并以此为基础写出了论文。在克罗尔的文章中，作者探讨了一种新出现的散文风格，即"反西塞罗式，或巴洛克"风格。这种风格的特点是，其作品中存在着"一种特殊的顺序，或变化的模式"，代表作家有蒙田、帕斯卡和布朗爵士等。他们

> 喜欢避免预先安排和准备；他们开始，如蒙田所言，就指向最终目标。第一个成员耗尽了这个想法的事实；从逻辑上来说，这没有什么好说的。但它并没有耗尽其想象的真相或其概念的能量。因此，它被其他成员追随，每个成员有新的基调或强调，每个人都表达了一种对最初真理的新理解。[①]

[①] Morris W. Croll, "The Baroque Style in Prose", in Kemp Malone and Martin B. Ruud, eds., *Studies in English Philology: A Miscellany in Honor of Frederick Klaeber*, Minneapolis: The University of Minnesota Press, 1929, p. 433.

这种变化的模式是，诗人不带任何偏见的经历所面对的事物，然后将自己的想法以"能量"的形式传递给其他人，最后由他人产生新的理解。在此基础上，毕晓普形成自己的见解：越界思想是一种"行动的思想"①，是一个内容变化、知识创造、思想生成的过程，是一个自由、开放的空间和结构。

值得注意的是，巴洛克风格不仅与现代性的形成有密切的联系，而且与后现代思想有着诸多共通之处。作为后现代巨子，福柯曾坦言，他的写作是"过渡性的"（transitive），是巴洛克式的："试着去展示当即出现却又不可见的事物……捕捉不可见性，太过可见的不可见者，太过亲近的疏远，熟悉的陌生。"② 因此，建立在巴洛克风格基础上，福柯的越界理论，不仅成为毕晓普诗歌批评实践的思想武器，而且提供了合法性。

3. 批评实践

（1）空间越界

空间越界是思考空间移位的问题。空间，作为一种"社会

---

① Ashley Brown, "An Interview with Elizabeth Bishop", in George Monteiro, ed., *Conversations with Elizabeth Bishop*, Jackson: University Press of Mississippi, 1996, p. 26.
② Michel Foucault, *Speech Begins after Death*, trans. Robert Bononno, Minneapolis: University of Minnesota Press, 2013, p. 71.

产物"①，是人与社会共同参与、相互塑造的过程。空间的文化形式，必然包含人如何看待空间结构，从空间结构的设置与安排中，可以见出人们对于空间的思考。空间的分隔，是社会文化的建构，也是压迫性的宰制，具有排他性意义，展现了地理空间与政治权力的勾连。在这个权力所及之处，任何越界行为，势必打破原本不平衡的状态。在这种情况下，人类所处的空间总是有意义的，是人对空间做出的反应。于是，观察文本中的空间越界，反思语言如何圈定界限，塑造空间，又如何逾越界限，重塑空间，是作者面对自身文化处境的必要诠释。

在空间越界的范畴里，毕晓普的旅行写作，不仅是跨越国家地理界限的文本，还是作者思考原有自身处境，重新标示人物特定文化位置的尝试。毕晓普是旅行诗人，令其终生着迷的是地理与旅行，她曾数十次在加拿大、美国和巴西之间南来北往，或者横渡大西洋去欧洲。毕晓普每一部诗集的名字，《北与南》《旅行的问题》或《地理学Ⅲ》都与旅行有关，这不能说是一种巧合。关于旅行的认知，毕晓普在同名诗作《旅行的问题》中，通过旅行的追问，处理了"大陆、城市、国家、社会"（94）的疆界问题，最后上升至对空间的思考，其目的是

---

① Henri Lefebvre, *The Production of Space*, Oxford: Blackwell, 1991, p. 26.

为了寻求对空间和个体自我的清醒认识，同时也是为了实现更具现实意义的政治变革。因此，毕晓普的旅行写作，不仅是个体空间境遇的认知，更关涉其背后特定的文化生成方式和政治建构模式。

（2）书写越界

书写越界是后现代理论中普遍被谈论的对象。后现代理论大师詹明信在谈到后现代文化的主要特征时，说："这个后现代主义名单的第二个特点，是一些主要的界限和分野的消失，最值得注意的是高等文化和所谓大众或普及文化之间旧有划分的抹掉。"[①] 詹明信认为，界限与分野的消失意味着社会的多元与开放，而意义的含混与模糊，则预示着主体的瓦解与分裂，自然各种层次、范畴的越界就会降临。在《阅读的不确定性：毕晓普日志和早期散文》一文中，怀特指出，"不确定性"是毕晓普的"后现代主义"[②] 特色。其中，怀特所讨论的书写越界，阐明了书写者与解释者，因其相异的位置，同样的文本可能产生多重的意义，在不同的解释者解读下，其意义得到不断地改写和异延。

---

① 詹明信著，张旭东编，陈清侨等译：《晚期资本主义的文化逻辑：詹明信批评理论文选》，生活·读书·新知三联书店，1997年版，第398页。
② Gillian White, "Readerly Contingency in Elizabeth Bishop's Journals and Early Prose", in *Twentieth Century Literature*, Vol. 55, No. 3 (Fall 2009), p. 322.

而论及书写越界,不能不提毕晓普诗歌研究专家,现任毕晓普协会主席特拉维萨诺。他在《毕晓普与叙事的后现代主义起源》一文中,从毕晓普的反特权叙事入手,将"秩序自我的现代主义观念"转移到"后现代怀疑论、不确定性或异质性"① 上来,作为对现代理性中心思考方式的挑战。在此,书写的不连续性与善变特质,成为书写的灾难和契机,在书写实践中,各种越界行为频繁地产生。毕晓普的书写越界,主要路径有二:其一是"互文本"②,即将文学与文学、文学与绘画、文学与科学、文学与宗教诸学科间的界限打破;另一是"跨文类",即打通诗歌与散文、戏剧、小说诸体裁间的壁垒,并在诗歌内部形成各种微型文类。借由书写的越界,毕晓普的诗歌内容、形式,不断跨越固有的界限,脱离内在理性的思考,以逾越或偏离的方式,揭露幽微而不为人所知的部分。

(3) 性别越界

性别越界是女性主义批评的重要话题。从文学艺术的呈现到社会文化的运作,二元对立的性别系统向来根深蒂固,男/

---

① Thomas Travisano, "Elizabeth Bishop and the Origins of Narrative Postmodernism", in Lionel Kelly, ed., *Poetry and Sense of Panic: Critical Essays on Elizabeth Bishop and John Ashbery*, Atlanta: Editions Roponi, 2000, p. 92.

② Graham Allen, *Intertextuality*, London: Routledge, 2000, pp. 174-179.

女、阳刚/阴柔、异性恋/同性恋等范畴的建立成为父权文化性别监控、权力配置、层级确认的基础。然而，女性主义理论家巴特勒却不以为然。在《性别麻烦》一书中，她否认纯自然的生理性别的存在，认为，如果有选择的话，"一个人可以成为既不是女性也不是男性，既不是女人也不是男人"[1]，并提出著名的"表演性"（performativity）[2]理论。所谓表演，就是在父权文化管控下，通过身体的自然化来获致它的结果，是一种强迫性的行为。身体的表演，为性别的越界提供了前提，其越界的结果，是对于性别角色本质的怀疑，也是偏离原有位置的出轨，而这种偏离与出轨，正是性别越界的意义所在。

作为性别越界的重要途径之一，"扮装"（drag）[3]，是指人们身着与性别身份不相符合的服饰，从而错乱传统性别的表达方式，而经常扮装的人则被认为具有易装癖。以诗作《交换帽子》为例，毕晓普借由两个扮装场景的描写："无趣的大叔"坚持试戴"淑女帽"和"无雄蕊的阿姨"不停歇地戴"男子帆船运动员帽"，辅之以夸大的姿态、夸张的表演，达到松动性

---

[1] Judith Butler, *Gender Trouble: Feminism and the Subversion of Identity*, New York: Routledge, 1990, p. 113.
[2] Judith Butler, *Gender Trouble: Feminism and the Subversion of Identity*, New York: Routledge, 1990, pp. 134-139.
[3] Judith Butler, *Gender Trouble: Feminism and the Subversion of Identity*, New York: Routledge, 1990, pp. 24-25.

别结构的可能性。在此基础上，原本以性别界限区隔彼此的状态，如今因为性别位置的互换，性别角色的转移，文本中的叙事结构，在这种忽男忽女的安排下，戏耍翻弄各种性别，并开展出一个自由的游戏空间。毕晓普的这类文本，将性别视为变动不居的存在，不管在内容层次还是叙事层次上，都在试图拆解"性别、性、性欲、身体"[①] 的关联，呈现性别认同的模糊与游移。这样的越界，不仅开启了性别倒置的想象，而且瓦解了性别权力的宰制，实现了性别身份的颠覆性逾越。

---

① Catherine Cucinella, *Poetics of the Body: Edna St. Vincent Millay, Elizabeth Bishop, Marilyn Chin and Marilyn Hacker*, New York: Palgrave Macmillan, 2010, p. 66.

第二章

学科越界：跨学科交往

一、"用视觉去思考"：毕晓普诗歌的视觉艺术

作为美国现代诗人中的重要成员之一，毕晓普以视觉清新的诗歌而引人注目。本书以毕晓普诗歌的视觉艺术为考察对象，分从直视、透视、灵视三个视觉维度予以深度探讨，揭示毕晓普诗歌的视觉艺术是一个充满活力与生命力的创造性过程，它始于童趣，行于专注，终于智慧，给予人们以发现的力量，赋予世界以全新的意义。视觉艺术不只是一种创作的方法，更是一种思维的模式，并因此具备了超越性质和自由开放的形态。

毕晓普是美国现代派之后，后现代派之前"中间代诗人"[1]的杰出代表。近年来，随着批评界的逐渐关注，诗人开始从边缘走向中心，不仅在美国文坛引发了"毕晓普现象"[2]，也成为近年来越来越具有国际影响力的20世纪诗人。毕晓普能够长期立足诗坛，关键在于其非凡的观察力、惊人的感知力和敏锐的洞察力，诚如她自己所说，"我是一个用视觉去思考的人"，"观察带给我巨大的快乐"。[3] 目前，学界大致认可毕晓普的观察能力，布鲁姆曾评论，"毕晓普具有一双闻名诗坛的非凡的眼"，"那是一种认知的穿透力，甚至是辨析力，其披露人生真相的功力远胜过哲学和精神分析"。[4] 然而，毕晓普不仅是诗人，还是画家，其非凡的观察力部分源自绘画的素养与天赋。塞缪尔斯在《深层的肌肤：伊丽莎白·毕晓普与视觉艺术》（2010）中指出，毕晓普诗歌创作不拘一格，因为她大量汲取西方现代视觉艺术养分，并成功运用画家的"眼"观察

---

[1] John Ciardi, ed., *Mid-Century American Poets*, New York: Twayne Publishers Inc., 1952, p. 1.
[2] Thomas Travisano, "The Elizabeth Bishop Phenomenom", in *New Literary History*, Vol. 26, No. 4 (Autumn 1995), p. 903.
[3] Alexandra Johnson, "Geography of the Imagination", in George Monteiro, ed., *Conversations with Elizabeth Bishop*, Jackson: University Press of Mississippi, 1996, pp. 100-101.
[4] Harold Bloom, ed., *Elizabeth Bishop*, New York: Chelsea House, 1985, p. 1.

事物、感知生活和探索世界。① 所以,毕晓普是以非凡的"眼",特别是绘画的"眼"而著称于世的,本书拟从毕晓普诗歌的"视觉艺术"这一视角,进一步探讨其诗歌观察世界、感知世界和探索世界的方式,旨在为认识和理解毕晓普诗歌建构一种有效的可能性。

(一)婴孩的"眼":毕晓普诗歌的直视艺术

毕晓普是一个旅行的诗人,曾在新斯科舍、纽约、基维斯特、华盛顿、里约热内卢、西雅图和波士顿等地定居,并多次畅游欧洲及美洲的其他国度。然而,对地理的痴迷并不能掩盖诗人内心的缺失。② 由于童年时期的精神创伤和异乎寻常的情感诉求,毕晓普希冀用旅行的方式来填补和找寻平面生活之下的部分现实存在,或者用一种孩童的姿态,或者说被迫采用这一姿态,来极力拉开与现实世界的距离。唯有如此,方能减少内心的不安。

毕晓普在诗作《2 000多幅插图和一个完整的经文汇编》中,表达了她渴望获得事物的完整体验以及重新感知世界的美

---

① Peggy Samuels, *Deep Skin: Elizabeth Bishop and Visual Art*, Ithaca: Cornell University Press, 2010, pp. 2 - 3.
② David Kalstone, *Becoming a Poet: Elizabeth Bishop with Marianne Moore and Robert Lowell*, New York: Farrar, Straus and Giroux, 1989, p. 220.

好愿景。对于怎样获得全新、完整的体验,毕晓普在诗作的最后这样写道:

——黑暗如门被打开,岩穴被光线打破,

一道镇定自若、浑然自足的火焰,

透明无色、没有火星,无拘无束地燃烧在干草堆上,

岩穴中一家人和一些宠物,内心平静,

——并且用我们婴孩的目光向外看。(58—59)①

关于诗作最后一句的理解,颇有争议。作为一种"看"的欲望,"婴孩的目光"是要视人生只如初见,抑或是最终要让位于"真实的目光"。或者说,它是目的还是途径。按照阿什伯里的解释:"它的秘密与毕晓普诗歌的秘密有关系。观看,或直视,将从事物中获得意义。"② 事实上,毕晓普一直渴望从生活中获得意义,旅行是其获取意义的重要方式,但毕竟有限。重要的是,要以"婴孩的目光"去审视周遭的世界。于

---

① Elizabeth Bishop, *The Complete Poems: 1927-1979*, Chatto & Windus; The Hogarth Press, 1983, pp. 58-59. 后文出自同一著作的引文,将随文标出引文出处页码,不再另注。
② Thomas Travisano, *Elizabeth Bishop: Her Artistic Development*, Charlottesville: University Press of Virginia, 1988, p. 120.

此，生活才能带来丰富的乐趣。

然而,"婴孩的目光"不是要求重返孩童时代,而是要用孩童充满好奇的"眼"观看世界。毕晓普说:"我纯粹尝试用全新的眼光观看事物。生活最重要的意义是对周围世界拥有好奇心。它几乎存在于一切诗歌的背后。"① 换言之,毕晓普的诗歌不是寻常地记录现实生活,而是摒弃现有的成见或偏见,用孩童的眼光重新审视事物。1948年2月8日,毕晓普居住在基维斯特,她以西湾著名渔港格雷森港为背景创作了《海湾》,向自己37岁生日献礼。在诗作中,诗人以孩童的"眼"直视了海湾杂乱无章的挖泥工事,并用感性的语言、新奇的比喻,生动地展示了渔港的挖泥现场:小型挖泥船如硕大的鸟、船上的钓钩似鹈鹕尖尖的嘴、泥船的两根支杆宛若人体的双肘、远处等候的船只如列队的战斗鸟、船只的尾翼如同剪刀等一连串的意象纷至沓来,让人应接不暇。虽然港区声音嘈杂,一片凌乱,但在毕晓普独特的目光里,海湾的一切焕发出鲜活的生命力,沉闷乏味的挖泥场景宛若生机勃勃的大自然。正如里扎所说:"毕晓普的诗歌具有'客

---

① Alexandra Johnson, "Geography of the Imagination", in George Monteiro, ed., *Conversations with Elizabeth Bishop*, Jackson: University Press of Mississippi, 1996, p. 100.

观式想象'。"① 毕晓普诗歌情与景相互交融，生活的无序与诗人渴求象征的秩序彼此呼应，其比物连类的感应式想象让她在内心缺憾与事物盈满之间找到了契合。

1950年代，毕晓普定居巴西期间，曾乘"文塞斯劳·布拉斯（Wenceslau Braz）号"轮船前往里约圣弗朗西斯科旅行，在未正式出版的回忆录中她以"婴孩"的目光书写了船只乘风破浪的情形，"我们追逐一个浑身涂抹着橘黄颜料的高大烟囱。晚上，它释放出点点火光；白天，有如一支橘黄色的蜡笔——这一切仿佛一个大男孩正奔赴里约圣弗朗西斯科参加地理课程"。② 毕晓普运用相似的联想，呈现了"事物原有的新奇性"③，在连环的类比中表达出她渴望抵达旅行目的地的急切心情，充满了睿智与童趣。即使到了晚年，毕晓普仍童心未泯，坚持用婴孩的"眼"观照周边的世界。在诗作《三月之末》最后一节，诗人这样写道："遍地褐色的、潮湿的石头/变成色彩斑斓，/高大的全都投射出长长的影子，/个别的，然后

---

① Peggy Rizza, "Another Side of This Life: Women as Poets", in Robert Shaw, ed., *American Poetry since 1960: Some Critical Perspectives*, Chester Springs: Dufour, 1974, p. 170.
② Lorrie Goldensohn, *Elizabeth Bishop: The Biography of a Poetry*, New York: Columbia University Press, 1992, p. 4.
③ Jean Garrigue, "Elizabeth Bishop's School", in *The New Leader*, No. 158 (December 1965), p. 23.

又拉了回去。/戏弄着狮子太阳似的,/只是此刻他躲到它们背后。"(180)在毕晓普看来,太阳映照在沙滩,仿佛镶嵌在沙子上狮子的爪印,而斑驳多彩的石头和它们的投影则充满了神奇的灵性,仿佛成了主人戏弄着"狮子太阳"。毕晓普从孩童的视角观察眼前事物的相互交往和彼此交感,使得诗作呈现出"戏耍"的兴味。①

此外,诗作《鱼》《海景》《旅行的问题》《圣塔伦》等均体现了诗人巧妙、灵活地运用婴孩的"眼"察看世界的影子。在《圣塔伦》的最后部分,当一个药剂师赠给诗人一个"小巧、精致的"空心蜂巢时,她的朋友好奇地问道:"那是什么东西啊?真丑!"此一结尾,诗人用孩童的视角谛视"空心蜂巢",进一步凸显了她天真的目光。

正是基于对现实与自我的清醒认识,毕晓普的诗歌创作以视觉真实为基础,严格按照对象事物显现的直观经验来进行摹写,始终保持"不受习见污染的心灵",对事物作如其所是地"看",在直观中贴近真实,在平凡中显出意义。毕晓普运用婴孩的"眼"去直视事物,不仅展示了诗人对事物的独特感知,而且也显示了诗人与事物的交互感知,体现的

---

① Harold Bloom, ed., *Elizabeth Bishop*, New York: Chelsea House, 1985, p. 3.

是一种古老的诗歌体物思维方式。在某种意义上，这也印证了希尼对她的评价，"在她的天性中苛刻多于狂热，即使完全向现象敞开，她仍可保持冷静。她的超然是恒久的，但那种逼近事物的专注与准确性结合在一起，如此缜密地加诸事物之上，从而几乎蒸发了她的超然"①。不过，毕晓普并不满足于向现象敞开，即便是冷静、专注地考察现象界，那也只是她触及深处的一种方式。毕晓普画工的"眼"，可以让她轻松地从事物的表层窥见其纵深，进而实现对事物的立体性把控。

(二) 画工的"眼"：毕晓普诗歌的透视艺术

写作之余，毕晓普最大的爱好是绘画。她从小就开始学画，年轻时到访过伦敦、巴黎，享受着现代视觉艺术的浸染。1996年，毕晓普的画册《交换帽子：毕晓普画作》在纽约著名出版社出版，足见其作画的能力。事实上，与其他诗人相比，毕晓普更注重绘画的视觉性。多年以前，毕晓普在采访中说："大约是1942年或1943年，有人告诉我，艺术批评家夏皮罗曾评论我，'她用画家的眼睛来写诗'。我倍感荣

---

① Seamus Heaney, "Counting to a Hundred: On Elizabeth Bishop", in *The Redress of Poetry: Oxford Lectures*, London: Faber and Faber, 1995, p. 172.

幸。在我的一生中，我对绘画情有独钟。……我渴望成为一个画家。"[1] 很难想象，作为诗人的毕晓普，其平生的志向是画家。但不难想象，作为画家的诗人，毕晓普不会不用绘画的技巧去作诗。

夏皮罗说，毕晓普以画工的"眼"想象性"透视"周围的世界。[2] 透视，绘画理论术语，指的是一种冷静而深入的观察法。不过，作为诗歌的观察和写作技巧，"透视"指的是诗人观看世界，如同画家作画，把眼前的生活物象投放在一块透明的平面，然后通过奇特的想象将所见的景物用浅显的语言呈现出来，从而使得事物具有生命的层次感和空间感。由于长期接受绘画的训练，毕晓普能够轻松自如地从事物的表面透视事物的背面，完成对事物的纵深性把握，其主要透视艺术有三种：其一，平行透视；其二，成角透视；其三，散点透视。

平行透视，又称"单点透视"，是指在透视结构中，只有一个透视点，因此当观察者面对事物时，可直接将眼前所见的物体表达在文字或画面上。贾雷尔说："她的诗歌呈现的一切，

---

[1] Ashley Brown, "An Interview with Elizabeth Bishop", in George Monteiro, ed., *Conversations with Elizabeth Bishop*, Jackson: University Press of Mississippi, 1996, p. 24.

[2] Meyer Schapiro, "Matisse and Impressionism: A Review of the Retrospective Exhibition at the Museum of Modern Art, November 1931", in *Androcles*, No. 1 (February 1932), p. 33.

我已经看见。"① 通常，毕晓普的诗歌立足某一固定点，仿佛摄像机的镜头，呈现她所看到的世界，力图让读者成为事物和场景的见证人。在诗作《佛罗里达》中，诗人凭栏远眺，尽情地展现了佛罗里达的自然风光：首先，"这州浮在咸腥的海水里，/红树的树根缠绕/鲜活的牡蛎丛生，/死者的残骸撒满白色的沼泽"；其次，"这州处处是修长的 S 形鸟，蓝白相间，/未见的歇斯底里的鸟，性子一来/尖声嘶嚎。/山雀羞赧于自己绚丽的光彩，/鹈鹕高兴得像个小丑"……（32）在阳光的照射下，水中斑驳的岛屿与鸟儿绚烂的羽衣交相辉映，一切光彩夺目，如同人间仙境。同样，在诗作《麋鹿》的开篇，亦即第 1 至 6 节。诗人登高远眺家乡新斯科舍，逐层透视海湾的潮汐，"潮水涌进来，海湾不在家"，"火红的太阳没入大海，海水仿佛在燃烧"……诗人由近及远依次感知家乡的风景，各种物象逐层拓展而又成珠链延伸，一幅幅清晰的画面，一缕缕淡淡的乡愁。只不过，诗人将"自我"深深地予以隐藏，让事物自由地展开，这与毕晓普早年对瑞士现代派画家克利"自我消融"创作画法的推崇不无关系。②

---

① Randall Jarrell, *Poetry and the Age*, London: Faber and Faber, 1973, p. 235.
② Peggy Samuels, *Deep Skin: Elizabeth Bishop and Visual Art*, Ithaca: Cornell University Press, 2010, p. 56.

成角透视，又称"两点透视"，是指在透视结构中，有两个透视点，因此观察者不只是从正面观察事物，而且还可从一个斜摆的角度，观察物体不同空间上的表象。毕晓普的《沙鹬》选取第三人称视角远观沙滩上的禽鸟，一方面突出沙鹬作为被观看和被描述的客体；另一方面强调作为观看主体的诗人在描述的焦点之外。刚开篇，诗作呈现的只是一只孤零零的沙鹬独自行走在茫茫的海滩，时而避开滚滚而来的巨浪，时而专注脚趾间沙地的空隙。紧接着，诗人观察的视点投向鹬鸟，"只见它的喙聚焦、气定神凝。/寻觅这、寻找那"，突出沙鹬对生活细节的凝视和专注。此一视角的转移，既彰显了毕晓普诗歌的"两点透视"艺术，又应验了诗人津津乐道的观物秘诀，"从一粒沙见出大千世界"①。另外，诗作《纪念碑》第一节的后半部分，亦即第 18 至 34 行，也体现了毕晓普的"成角透视"艺术。在考察了纪念碑的表面后，诗人对其进行纵深把握，不仅观察了木雕背后狭窄的海域，而且还从木雕的角度反观自身，观看者成了景观的"远方"，想象着"我们身在何方"。此处，诗作体现的不只是一种纵深或反纵深的观察力度，更是一种对事物内部秘密的透彻性理解。根据毕晓普的回忆，《纪念

---

① 此为威廉·布莱克（William Blake）的诗集《天真之歌》（*Auguries of Innocence*）中的传世名句，原文为：To see a world in a grain of sand。

碑》是受到超现实主义画家马克斯·恩斯特（Max Ernst）《自然历史》(*Histoire Naturelle*)中"擦印画"（frottage）的影响而写成的。①

散点透视，又称"多点透视"，是指在透视结构中，从多个角度观察事物，用多视点处理成并列、同等大小的物象。对于毕晓普的"散点透视"艺术，莫尔将它形容为"枚举描写"（enumerative description）②，亦即毕晓普诗歌通常由不同视点观察到的一系列物象并列组合形成诗歌的框架，从而实现其客观性和深刻性效果。诗作《冷春》里的"多点透视"甚为明显："一天，在一道寒冷的白光中，/山丘的一侧，一头小牛降生……/第二天/暖和了许多。/白绿色的山茱萸渗入树林，/每片花瓣，很明显，受到烟头的烫伤……/现在，夜色中，/一弯新月升起。/山丘变得柔和。大片的草丛秀出/母牛躺卧的地方。"（55—56）诗人按照时间的顺序，将不同时间段的物象，如山丘、小牛、山茱萸、母牛等相互并列，展示了对事物的流动性感知。如果说，《冷春》还只属于不同时间内的物象并置，

---

① Anne Stevenson, *Elizabeth Bishop*, New Haven: Twayne Publishers, 1966, p. 132.
② Marianne Moore, "A Modest Expert: *North & South*", in Lloyd Schwartz and Sybil P. Estess, eds., *Elizabeth Bishop and Her Art*, Ann Arbor: The University of Michigan Press, 1983, p. 178.

那么,《2 000多幅插图和一个完整的经文汇编》则有意打乱时空顺序和画面组接规律,将圣琼斯的海峡、墨西哥的山丘、马拉喀什的妓院三个不同时空背景中令人心动的羊咩声、已经死去的人、丑陋至极的小妓女等物象进行并置,一方面展现了丰富、多元的视角;另一方面也使得物象更加鲜明、生动,富有深意。毕晓普的诗歌能够从不同视角,透视不同时空无任何承续关系的物象或细貌,并随意地将它们拼接在一起,形成一个多元、多层、立体的艺术结构和审美世界,这与德国现代视觉艺术家施维特斯倡导的"精神拼贴"有着异曲同工之妙。[1]

诚然,毕晓普诗歌的透视艺术并非尽善尽美。早在《诗集》(1955)发表时,内莫洛夫就指出,毕晓普诗歌坚持让细节说话,拒绝道德说教,得失参半。[2] 事实上,毕晓普诗歌并不囿于事物的细节和表象,而是从表层触及深刻,在表象与想象之间游走,在真实与感触之间辗转,真正做到了"完全融入客体","真诚地感受事物本身"。[3] 毕晓普诗歌的透视艺术,蕴蓄了诗歌与绘画的创作技巧,展发出流动变易的诗画思维,

---

[1] Peggy Samuels, *Deep Skin: Elizabeth Bishop and Visual Art*, Ithaca: Cornell University Press, 2010, p. 102.
[2] Howard Nemerov, "The Poems of Elizabeth Bishop", in *Poetry*, No. 87 (1955), pp. 179-180.
[3] Elizabeth Bishop, *Prose*, New York: Farrar, Straus and Giroux, 2011, p. 255.

为诗歌的创作和发展作出了独特性贡献,奉献了创造性价值。不仅如此,毕晓普的诗歌,"不但透视事物,而且灵视事物背后记忆的精神"①,在看似平淡的生活里,呈现出丰厚的人间情味,在寻常的事物处,展现出历史的永恒。

(三)心灵的"眼":毕晓普诗歌的灵视艺术

早在1930年代,毕晓普就阅读了耶稣会创始人圣伊格内修斯的《精神锻炼》一书,并在日记中阐释了她对灵视艺术的理解:"要用大自然赋予诗人的特有素材,一种对事物直观而强烈的感应,一种对事物隐喻和藻饰的感知,表达外在于事物的精神。"② 虽然诗歌的写作不能完全等同于宗教的灵修,但它们的内在意图是相通的。

那么,如何才能获得事物的精神?1964年,毕晓普在写给斯蒂文森的信(又称《关于达尔文的信》)中说道:

> 梦幻、(有些)艺术品,合二为一,经常成功地瞥见日常生活中的超越性(surrealism)景象,以及那不期然

---

① Elizabeth Bishop, *North and South*, Boston: Houghton Mifflin Company, 1946, p. 1.
② Brett Millier, *Elizabeth Bishop: Life and the Memory of It*, Berkeley: University of California Press, 1993, p. 65.

而遇的情感瞬间（不是吗？），让我们灵视（vision）外围那永远看不到全貌，却又异常重要的世界。但我无法相信人们彻底失去理性——我欣赏达尔文！阅读达尔文，我钦佩他建立在锲而不舍、英勇无畏的观照之上所获得的美丽而又坚实的事实，近似无意识或自然而然——然后，突然获得释放，忘记某个表达。①

梳理一下毕晓普的论述，不难发现：其一，灵视，又译"心见"，意为"梦幻""幻象"，是指"一种非视觉感官的、神秘的精神境界或状态"，② 是用心灵而不是用肉眼去看的视觉，是心灵烛见宇宙的视觉，是"诗"与"梦"合的视觉。其二，"灵视"艺术的特质是"超越性"，亦即获得一种"新鲜、柔和、瞬间"的感知，③ 进入一个未知、自由、开放的世界。其三，实现灵性超越的途径是幻想，是建立在事实和理性基础之上的幻想。简言之，毕晓普认为，诗歌是一门"灵视"的艺术，是"一种自我忘却、没有任何利害的关切"④。

---

① Elizabeth Bishop, *Prose*, New York: Farrar, Straus and Giroux, 2011, p. 414.
② 任继愈：《宗教大辞典》，上海辞书出版社1998年版，第912页。
③ Thomas Travisano, *Elizabeth Bishop: Her Artistic Development*, Charlottesville: University Press of Virginia, 1988, p. 205.
④ Elizabeth Bishop, *Prose*, New York: Farrar, Straus and Giroux, 2011, p. 414.

第二章 学科越界：跨学科交往

1940年3月，《党派评论》上刊载诗作《鱼》，堪称毕晓普灵视艺术的代表作，它描写了一个简单而又浅显的事实：首先，"我"钓到了一条鱼；然后，"我"开始观察和研究这条鱼；最后，"我"把鱼放了。据毕晓普后来的回忆，诗中描写的事件发生在1938年，当时诗人正栖居在基维斯特，在一次泛舟垂钓之旅中，她钓到了一条大鱼。不过，写诗时刻意将悬挂在唇角的3条鱼线增加为5条，为了强化效果。[①] 当然，《鱼》所显示的绝不仅仅是诗歌中所描写的，正如毕晓普所言，诗歌清晰连续的画面，戏剧化地展示了行进中的思想。[②]

在开篇，诗人运用一个散文式句子勾勒出诗歌灵视的背景图："我钓到一条大鱼/将它挂在船舷/一半露出水面，我的鱼钩/紧紧地扣住它的嘴角。"接下来，诗人由外及内地考察眼前这条鱼，并"聚焦事物本质属性和细枝末节"[③]：首先，直视了他的鳞片，"遍体棕色的鳞片条纹参差"，如同"墙纸的图案"，"像盛开的玫瑰"；它的皮肤，"身上黏附着藤壶的斑点"，恰似"精致的石灰质地的花饰"，还染上了"小小的白

[①] Wesley Wehr, "Elizabeth Bishop: Conversations and Class Notes", in George Monteiro, ed., *Conversations with Elizabeth Bishop*, Jackson: University Press of Mississippi, 1996, p. 42.

[②] Ashley Brown, "An Interview with Elizabeth Bishop", in George Monteiro, ed., *Conversations with Elizabeth Bishop*, Jackson: University Press of Mississippi, 1996, p. 26.

[③] Elizabeth Bishop, *Prose*, New York: Farrar, Straus and Giroux, 2011, p. 414.

色海虱";然后,又透视了它的腮片,"新鲜,脆利,充着血",每当"吸入可怕的氧气"时,像锋利的刀刃,"极易削切";它的肌骨、脏腑,"呈羽毛状排列,/大鱼骨和小鱼刺,/鲜明的红色与黑色/是他油光的脏腑,/粉红色的鱼鳔/像一朵硕大的牡丹"……直至最后鱼的奋勇求生。至此,诗人已将自己完全地投入她精心塑造的客观背景中去,并为"眩晕般进入一个未知的世界"① 做好了铺垫。当注视眼前的一切时,"从船底渗出的/油扩散成一道彩虹/环绕着生锈的引擎/延伸到铁红色的水斗,/太阳晒裂的坐板,/系着绳索的桨架,/以及船舷——直到眼前的一切/化成彩虹,一道道彩虹"(43—44),诗人凭借富有同情心的想象,获得一个超越性发现:"我把鱼放了。"

至于诗人为何将鱼放走,评论界说法不一。马扎罗认为,"诗人不费吹灰之力抓到一条大鱼,然后凝视他的眼睛,其结果就决定把鱼放了"②。在马扎罗看来,诗人出于同情才把鱼放走。麦克娜丽指出,"这一情景对钓鱼人产生深刻的影响,很明显,诗歌中的钓鱼人是一个女性……同样的影

---

① Elizabeth Bishop, *Prose*, New York: Farrar, Straus and Giroux, 2011, p. 414.
② Jerome Mazzaro, "Elizabeth Bishop and the Poetics of Impediment", in *Salmagundi*, No. 27 (1974), p. 133.

响，它暂时搁浅视觉感知的正常过程，从而让位于新的感知结构"①。对于麦克娜丽的前半句，实在不敢苟同，不过她说，新的感知瞬间将要到来，可谓恰如其分。笔者认为，诗人把"鱼"放回大海，描绘看似淡然，实为灵视艺术使然，亦即"肉体的眼专注此岸世界，心灵的眼投向彼岸世界"，它是"一种将现实与幻想相结合的深刻，一种将正常视觉与人为幻觉相结合而产生的神奇效果"，② 其背后隐藏着深刻的人生哲理，世间万物，即使一条既老且丑的鱼，也值得继续其生命。

与《鱼》的灵视艺术相同，诗作《在渔屋》首先呈现了一幅海边背景图：在寒冷的夜晚，一个孤独的老人坐在海边的渔屋里编织着渔网。然后，诗人尽情地览阅海边的各种物象："古老的渔房""织网的渔民""沉重的海面""捕龙虾的篓子""硕大的鱼缸""褪色的手推车把手""古旧的木绞盘"等。乍一看，诗歌有如一连串意象的简单罗列，不过，细心的读者会发现，这只是诗歌走向灵视艺术的开端。在诗歌的最后，诗人透过幻想获得一个超越性的发现：知识不正如眼前的海水吗？毕晓普将海水与知识进行嫁接：从表层看，知识有着海水的特

---

① Nancy McNally, "Elizabeth Bishop: The Discipline of Description", in *Twentieth Century Literature*, Vol. 11, No. 4 (1966), p. 194.
② Elizabeth Bishop, *Prose*, New York: Farrar, Straus and Giroux, 2011, p. 331.

性,"隐晦、咸涩、澄澈、流动、完全自由";从深层看,知识属于历史的层面,经常被扭曲、误读,和海水一样,"流动着又流逝着"。① 在诗人看来,海水正是知识的映影,一切知识都是历史的产物,它将如同海水一样流逝在历史的长河中。

需要指出的是,毕晓普诗歌的超越意识通常布置在诗作的结尾,如在《海湾》里,生活就如同海湾,"叫人讨厌却令人快乐";在《旅行的问题》中,诗人通过旅行的追问,最后上升到"居家还是旅行"的思考。此外,诗作《犰狳》《沙鹬》等也不同程度地体现了毕晓普诗歌的灵视思维艺术:一方面,它有赖于一个客观、真实的背景,需要诗人对外在世界作静默而又精确的考察,并且最终形成一个有意味的形式,旨在为见"灵"提供前提;另一方面,它需要借助于想象,乃至幻想,将隐匿在具体事物和具体情景中的思想、情感以独特的体验、新奇的感知表现出来,在不经意间透露生活的本质和永恒。正如西默斯·希尼所说:"对她而言,典型的流变或许可以较为准确地描述为从自我遏制到对他者神秘的洞察,在所有悲喜交集的纠纷中调停的写作机制渗透其中。……毕肖普(毕晓普)著名的观察世界的天赋,并不仅

---

① Thomas Travisano, *Elizabeth Bishop: Her Artistic Development*, Charlottesville: University Press of Virginia, 1988, p. 127.

仅是一种'看'的习惯，它更意味着某种自我克制，对有限尘世的机警逾越。"①

毕晓普诗歌的视觉艺术深植西方诗画艺术传统，充分汲取宗教文化营养，注重感知技巧和艺术想象，强调视觉的真实性、流动性和超越性，承续直视、透视和灵视三大艺术进程，大抵从寻常事物、周围生活出发，在经过直观、纯粹的专注之后，渐渐走出自我局限，进入自我和现实的观照与关怀之境，继而迈向人生与人性的层面，由动入静、以实入虚，在现实与体验之间进行完美展演、在变与不变之中取得最佳平衡，其诗歌经常显示一种"恰当的角度"，在那一瞬间，世界的组成部分形成一种新的组合方式，最终创生一个"超越性"世界。它是一个充满活力与生命力的创造性过程，始于童趣，行于专注，终于智慧，其艺术的精妙之处在于给予人们以发现的力量，赋予世界以全新的意义。由此，毕晓普的视觉艺术，冲破了创作层面的意指，成为介入现实的思维模式，其多元的视觉形式逐渐融合并不断消解，直至成为

---

① Seamus Heaney, "Counting to a Hundred: On Elizabeth Bishop", in *The Redress of Poetry: Oxford Lectures*, London: Faber and Faber, 1995, pp. 172–174.

一种超越视觉化的心智力量，为当下的现实注入一个"反常、新颖、素朴、奇特"①的世界。而毕晓普的诗歌，也因此延续了前辈诗人爱默生、狄金森、斯蒂文斯等开创的美国诗歌的超验传统，又做到了与现代派诗人艾略特、庞德、斯坦因等倡导的视觉诗学的有效对话，其独特的诗学思想和美学趣味对我们重新思考诗写的旨趣、重估美学的秩序、重塑美好的心灵，无疑具有时代意义和美学意义。

二、诗人的神学：毕晓普的诗与宗教共生关系

毕晓普通常被认为是"不信教"的诗人，然而对毕晓普的作品所作的整体观照却发现，其诗歌与宗教之间有着密切的联系。它们相互依存，互为主体，在文化共生的基础上形成学科之间交往的高级形态：一方面，毕晓普的诗既深受宗教文化的濡染，又能摆脱宗教意识的宰制；另一方面，她既希冀有助心灵提升的宗教，又批判以宗教为依托的世俗化流弊。毕晓普的诗与宗教共生关系不仅体现在诗人从宗教文化中汲取题材和方法，更

---

① Gerard Manley Hopkins, *Gerard Manley Hopkins*, ed. Catherine Phillips, Oxford: Oxford University Press, 1986, p. 133.

在于从中汲取人文思想与养料，用"神圣精神"去援助诗歌创作并实现其形变，让诗与宗教共生共荣，协同造福人类。

在《宗教与文学》一文中，美国现代诗人及批评家艾略特评论道，"文学的'伟大性'不能单单用文学标准来衡量"，"文学标准和我们的宗教标准之间的联系……并没有，而且也永远不可能彻底决裂"[①]。艾略特认为，文学需要宗教的标准才能完整，同时又强调文学标准是文学作品的决定性力量，两者似乎矛盾，实质上表达了宗教与文学之间相互对立却又相互关联的吊诡关系。基于过去一些宣教式、虔敬式宗教文学无法处理到宗教精神内在主要的题材，艾略特建议，要想重新审视宗教与文学的关系，必须跳脱这种宗教文学的框架，将焦点放在宗教与文学的关系上。继艾略特之后，美国现代著名女诗人毕晓普的诗歌创作，可以帮助我们脱离这种宗教意识的宰制，重新检视宗教与文学的互动关系、学科局限及未来发展走向。

关于毕晓普的诗歌与宗教的关系，以往学界重视不够，主

---

① Thomas Eliot, *Selected Prose of T. S. Eliot*, ed. Frank Kermode, London: Faber and Faber, 1975, pp. 97 - 100.

要是因为人们普遍认为,毕晓普是一个"不信教"[①]的诗人。近年来,随着文学与宗教研究的深入,这种情形有所改观,诗人的宗教情感开始得到关注。2005年,教会学者沃克尔结合宗教文学的研究框架,深入挖掘毕晓普诗歌的宗教思想,并将她与之前和现在的基督教作家进行比照,进而确认她是一个近乎虔诚的宗教诗人。[②] 2008年,文学研究者克雷尔不愿接受宗教文学框架的束缚,主张舍弃基督教神学的分类形式,将文学视为文学,并把注意力转向分析诗歌中的人文思想。[③] 如果说沃克尔只是利用文学来说明神学概念,没有正视文学的本位性,那么,克雷尔则注重语言本质的研究,探讨以文字形式传达文学意义的可能性,但两者均有所偏废,未能深入探究毕晓普的诗与宗教的互动共生关系。本文不主张以某一固定之信仰体系作为文学与宗教研究的优先性基础,而是力图打破两者之间关系的稳定性,结合诗人的生存语境和创作实践来解析毕晓普的诗与宗教共生关系的缘起、内涵及意义,进一步认识和理

[①] Robert Parker, *The Unbeliever: The Poetry of Elizabeth Bishop*, Urbana: University of Illinois Press, 1988, p. ix; Helen Vendler, "Breakfast with Miss Bishop", in *The New York Review of Books*, (9 June, 1994), p. 40.
[②] Cheryl Walker, *God and Elizabeth Bishop: Meditations on Religion and Poetry*, New York: Palgrave Macmillan, 2005, p. 145.
[③] Laurel Corelle, *A Poet's High Argument: Elizabeth Bishop and Christianity*, Columbia: University of South Carolina Press, 2008, pp. 14 - 15.

解毕晓普的"诗"之于现代社会的价值。

（一）宗教濡染与诗人关切

与学界普遍流传的"不信教"说不同，毕晓普从早年开始便对宗教充满向往与崇敬之情。1964 年 1 月 8 日，在写给斯蒂文森的信中，毕晓普说："我对宗教是有兴趣的。我喜欢阅读圣特蕾莎、克尔恺郭尔、西蒙娜·薇依等人的著作。"① 当然，也包括赫伯特、霍普金斯、奥古斯丁、伊格纳修斯、马丁·布伯、尼布尔等人的作品。毕晓普从小生活在宗教氛围浓郁的家庭，她的祖父母都是虔敬的基督徒，"我们一起上教堂，一起唱赞美诗"②。在家人的影响下，毕晓普早年对宗教颇为虔诚，甚至在某种程度上形成了诗人毕生的宗教情结。

20 世纪 20 年代，由于达尔文进化论和《圣经》考据学的影响，美国基督教内部发生了深刻的变化，其突出的表现是教派的纷争。与美国许多小城镇一样，毕晓普早年生活过的加拿大新斯科舍省格瑞特村（Great Village）也分成对立的两派，

---

① Elizabeth Bishop, *Poems, Prose, and Letters*, New York: The Library of America, 2008, p. 861.
② Elizabeth Bishop, "Influences", in *American Poetry Review*, No. 14 (January/February 1985), p. 13.

即"浸礼派和长老派"①,可谓当时教派论争的缩影。据毕晓普回忆,每逢星期日,镇上两大教派的教友分别在上午和下午去同一个教堂做礼拜。② 毕晓普的外祖父是浸礼派教友,这个教派反对婴儿受洗。他们认为洗礼应该在一个人长大,足以了解其意义时才能施行,并要求把全身都浸入水中,而长老派对此不作要求。面对教派的纷争,毕晓普无所适从,她说,"灵魂的事,让我不堪其重负"③。直到1938年,在玛丽安娜·穆尔的指导下阅读了尼布尔的神学著作《超越悲剧》后,毕晓普才如释重负,其"基督教实用主义"思想深刻地影响了她。

在当时的美国,宗教文学盛极一时,影响巨大。1910年,玄学派诗人特拉霍恩的诗作出版;1918年,维多利亚时期宗教诗人霍普金斯的诗集出版;1937年,殖民地时期清教牧师及诗人爱德华·泰勒的作品集出版;1948年,大觉醒运动时期清教布道师乔纳森·爱德华兹的文集出版等。这些作品和作品集的出版,不仅让过去一度遭到忽略的宗教作家声名鹊起,也为后来的创作者提供了可资借鉴的诗歌质素。1926年,就

---

① Elizabeth Bishop, *Poems*, *Prose*, *and Letters*, New York: The Library of America, 2008, p. 565.
② Gary Fountain and Peter Brazeau, *Elizabeth Bishop: An Oral Biography*, Amherst: University of Massachusetts Press, 1994, p. 11.
③ Elizabeth Bishop, *Poems*, *Prose*, *and Letters*, New York: The Library of America, 2008, p. 110.

第二章 学科越界：跨学科交往

读胡桃山中学时，毕晓普开始阅读宗教文学典籍，并首次接触到霍普金斯的诗歌，她难以掩饰内心的激动与兴奋。毕晓普说，"这是一次难得的人生体验"①。1930—1934 年，在瓦萨学院求学期间，毕晓普开始研习玄学诗和现代诗，参加学校举办的各种唱诗班，尤其喜欢唱诵赫伯特的赞美诗。大学毕业后，毕晓普前往纽约公立图书馆阅读圣伊格内修斯的《精神锻炼》等。总之，宗教文学成为毕晓普学习与生活的一部分。

在宗教文学与神学的影响下，毕晓普开始思考人与上帝的关系。1954 年 10 月，在写给萨默斯的信中，毕晓普说，"赫伯特热衷那些难以解决、永无止境而又令人苦恼的问题，即人与上帝的关系问题"，而且"这一问题仍然困扰着我们所有的人"②。然而，作为"不信教"的诗人，毕晓普心目中的上帝又是什么？1964 年 10 月，在向《诗歌导航》(*Poetry Pilot*) 推荐的"七篇基督教赞美诗"中，毕晓普为我们提供了答案。这些赞美诗是诗人平生最为喜欢的诗作，然而，"它们与神学没有任何关联"③。按照卡斯特罗的解释，毕晓普是

---

① Ashley Brown, "An Interview with Elizabeth Bishop", in George Monteiro, ed., *Conversations with Elizabeth Bishop*, Jackson: University Press of Mississippi, 1996, p. 21.
② Joseph Summers, "George Herbert and Elizabeth Bishop", in *George Herbert Journal*, Vol. 18, No. 1 (1995), pp. 53 - 54.
③ Elizabeth Bishop, "Seven Christian Hymns", in *Poetry Pilot*, (October 1964), p. 14.

以"宗教的措辞"呈现诗的"灵魂"①。换言之,毕晓普并不关心上帝,上帝已被置换,诗的"精神"(spiritual)成为诗人的关切。

关于诗之"精神",毕晓普说:"它源自物质,物质受到酸雨的侵袭,根部遭到摧毁,精神得以显现。"② 由于诗人没有给出明确的界定,故学界有不少争论。罗特拉认为,虽然"毕晓普有关精神源自物质的观点有着宗教的根源",但"她不信教,她关于'精神'一词的理解主要是基于世俗层面的,它是'意义'的同义语"③。在罗特拉看来,诗的"精神"亦即世俗层面的"意义"。很显然,罗特拉在理解"精神"一词时,是将毕晓普的"不信教"与不介入宗教相等同,看似有理,但未必正确。他不仅忽略了宗教文化的强大影响力,而且有把"不信教"问题简单化之嫌。考虑到毕晓普深厚的宗教文化背景,特拉维萨指出,"虽然毕晓普不信教,但她的诗歌充盈着宗教的主题。她有着宗教的天赋,且受宗教的教育,基督教成为其

---

① Bonnie Costello, *Elizabeth Bishop: Questions of Mastery*, Cambridge: Harvard University Press, 1991, p. 91.
② Brett Millier, *Elizabeth Bishop: Life and the Memory of It*, Berkeley: University of California Press, 1993, p. 65.
③ Guy Rotella, *Reading & Writing Nature: The Poetry of Robert Frost, Wallace Stevens, Marianne Moore, and Elizabeth Bishop*, Boston: Northeastern University Press, 1991, p. 188.

作品可供辨认的基础"①。在特拉维萨诺看来，其诗的"精神"更多是宗教层面的。事实上，毕晓普的诗之"精神"，如"美、怀旧、理念与诗性"②等，既有世俗性也有宗教性，并且它们与宗教文化乃至宗教精神并不矛盾。相反，它们之间具有内在的一致性。正如毕晓普所言，"真正的宗教诗才是诗，才是完美"③。

对于"精神"的追求，让毕晓普的诗歌散发出浓烈的宗教气息。在第一部诗集《北与南》中，有准祷告诗《首语重复法》、宗教寓言诗《公鸡》、宗教象征诗《鱼》、宗教改编诗《早餐的奇迹》等宗教体裁诗；在诗集《寒冷的春天》和《旅行的问题》中，有诗作《2 000多幅插图和一个完整的经文汇编》中"婴孩的目光"、《海湾》中"古老的书简"、《在渔屋》中"耸立的百万棵圣诞树"、《第十二日；或随心所愿》中"快乐的约定"等宗教意象；在后期创作中，有诗作《在候诊室里》《克鲁索在英格兰》《三月之末》《十四行诗》中交相使用的宗教语言等。考虑到"古老的书简"一直延续到最后一部诗集《地理学Ⅲ》，多雷斯基提请读者注意，"如果不从毕晓普反

---

① Thomas Travisano, *Elizabeth Bishop: Her Artistic Development*, Charlottesville: University Press of Virginia, 1988, p. 33.
②③ Brett Millier, *Elizabeth Bishop: Life and the Memory of It*, Berkeley: University of California Press, 1993, p. 65.

对的文化或政治立场去理解其诗歌，将容易误入歧途"①。言外之意，要想把握毕晓普的诗之"精神"，必须打破宗教文化的成规，摆脱宗教意识的宰制，以其"不信者"的姿态而感知事物的存在。

正因为"不信者"的身份，毕晓普能够跳脱宗教文学的框架，自由地出入宗教与文学之间。在宗教文化的长期濡染下，毕晓普不仅能够巧妙地利用宗教的题材、意象、语言及形式，而且能够积极地思考文化与信仰、理智与情感、物质与精神乃至艺术与生命的关系，做到既不落入死守文字的迂腐，也不将其当作抽象玄学的思考，既深入宗教的内部，又与其保持恰当的距离，在若即若离中取得平衡。虽然毕晓普"不信教"，但她对事物"精神"的关切，对宗教本质的理解，并将它们深刻地融化到诗歌里，它体现的是一种更深层的宗教感受性。从这个意义上说，毕晓普是一个具有"宗教性"[②]的诗人。

（二）文化反讽与诗性批判

然而，另一事实是，毕晓普确实有不少诗作对于宗教文化

[①] Carole Doreski, *Elizabeth Bishop: The Restraints of Language*, New York: Oxford University Press, 1993, p. 63.

[②] Gary Fountain and Peter Brazeau, *Elizabeth Bishop: An Oral Biography*, Amherst: University of Massachusetts Press, 1994, p. 349.

及其发展现状发出了批评之声。在写给斯蒂文森的同一部书信中，毕晓普说："我从未正式加入教会，我不是信徒。我不喜欢教徒从教时的说教主义，更不用说居高临下的姿态。通常，他们看上去或多或少像法西斯主义。"① 很明显，毕晓普不喜欢宗教徒的道德说教，更不喜欢宗教传统中不允许存在有任何理性思考的强制性文化制度。这与其说批判宗教，毋宁说她批判宗教行为。

由于父亲早逝，母亲病狂，基督教一度成为毕晓普年幼心灵的寄托。然而，童年时期的一次意外洗礼彻底改变了她的宗教进路。据《洗礼》所载，当时格瑞特村的三姐妹为了参加基督教会，在"寒冷的河水"中受洗，由于年龄的原因，最小的妹妹露西（Lucy）在洗礼后染上风寒，不治身亡。在故事的结尾，毕晓普反讽地写道，"葬礼的那一天是4月的第一天，天气晴朗，格瑞特村恢复了往日的美好，尽管前面的路充满坎坷"②。露西的死看似偶然，其实是宗教的狂热乃至盲从所致。露西一直"觉得自己有罪"，为了赎罪，她行斋戒，常喊叫，甚至说见到上帝。为了摆脱心灵的困扰，她要求"按照浸礼会

---

① Elizabeth Bishop, *Poems*, *Prose*, *and Letters*, New York: The Library of America, 2008, p. 861.
② Elizabeth Bishop, *Poems*, *Prose*, *and Letters*, New York: The Library of America, 2008, p. 573.

的完全浸入法"皈依宗教。最后，僵化的仪式夺去了她幼小的生命，她成为宗教生活的牺牲品。露西之死，成为"毕晓普与宗教虔敬生活的分水岭"①。

在瓦萨学院读书时，毕晓普不仅与宗教生活彻底决裂，而且以犀利之笔对于超越尘世的宗教情感进行冷嘲热讽。1933年4月，毕晓普在《通灵者》(*Con Spirito*) 杂志发表诗作《圣母颂歌》。在诗中，毕晓普以戏谑的口吻描绘了一幅宗教现场的祈祷图：一方是朝圣者的热情洋溢与精神亢奋；另一方却是圣母的冷酷无情与无动于衷。在融合了霍普金斯、邓恩、奥登的创作风格后，毕晓普不无嘲弄地写道："来吧，圣母玛利亚，聆听我们的祈祷！/来吧，圣母玛利亚，祈求您从天而降"（222）。这里，毕晓普的呼喊与其说是为了让圣母显灵，不如说是为了唤起人们对于宗教的深省。同年9月，毕晓普发表日记体随笔《七天独白》，其中关于教堂爆炸场面的描写颇具反讽意味。为了增强讽刺效果，毕晓普特意设定施爆瞬间，即选择在会众齐声说出"我们赞美您，哦

---

① George Lensing, "Elizabeth Bishop and Flannery O'Connor: Minding and Mending a Fallen World", in Angus Cleghorn, et al. eds., *Elizabeth Bishop in the 21 st Century: Reading the New Editions*, Charlottesville: University of Virginia Press, 2012, p. 192.

主。我们承认您是——"① 时完成爆破。这一巧妙的安排，不只是为了摧毁教堂，拆解宗教，更是为了质疑"您"的身份，甚至"您"的存在。"您"究竟是谁？是赞美诗中所言的"永恒的主"，还是原来那个"易怒的主"？抑或是世间根本就没有"绝对的主"？

宗教的怀疑与反讽是毕晓普面对宗教时的基本态度，这与她的世界观乃至信仰观密切相关。在写给洛威尔的信中，毕晓普说："面对任何事物，我是一个纯粹的不可知论者，观望的态度是我自然的立场——虽然我不希望这样。"② 在毕晓普看来，世界上根本就没绝对真理，所有真理都是有条件的，"一切视情况而定"③。作为世界观的重要组成部分，毕晓普认为，信仰亦"不可知"。当然，这并不是说她不要信仰，只是说她没有固定的信仰。正如毕晓普所言，"我很想拥有主教派39条信纲。我也渴望重新成为浸礼派教友"④。尽管如此，面对刻板的宗教仪式、乏味的道德说教以及日渐世俗化的宗教流

---

① Elizabeth Bishop, *Poems, Prose, and Letters*, New York: The Library of America, 2008, p. 573.
②④ Elizabeth Bishop and Robert Lowell, *Words in Air: The Complete Correspondence between Elizabeth Bishop and Robert Lowell*, New York: Farrar, Straus and Giroux, 2008, p. 161.
③ Elizabeth Bishop, *Poems, Prose, and Letters*, New York: The Library of America, 2008, p. 686.

弊，毕晓普仍直言不讳地说："我不喜欢现代宗教。它经常产生道德的优越感。"① 正是在信与不信的不和谐中，在理想与现实的巨大反差中，毕晓普的反讽意识得以形成。

大学毕业后，毕晓普先后两次游历欧洲，并顺道拜访了世界上最大的教堂——圣彼得大教堂。毕晓普说，圣彼得大教堂浑身上下散发着铜臭，"我从未清醒地意识到教会也有如此强烈的商业气和金钱气，我从未有过如此的不喜欢"②。与教会的欺骗、商业的掠夺和"罗马的奢华"相比，毕晓普更喜欢一种前宗教的生活状态，"我喜欢伊特鲁里亚人（Etruscan）的物品，它们简单、'自在'、令人鼓舞而又诙谐有趣"③。另外，毕晓普还将抵达教堂当天所见的滑稽一幕写进《2 000多幅插图和一个完整的经文汇编》一诗："日狂晒。/目标笃定，一群群黑衣学士排队行军，/往来疾行穿越广场，蚁阵似的。"（58）在"太阳"的"疯狂"照耀下，毕晓普将学生的列队赶路与军国主义的排队行军进行比照，不仅揶揄了罗马教廷的狂妄自大和以正统自居，而且讽刺了教会的僵化、专制与独裁。在点睛

---

① Ashley Brown, "An Interview with Elizabeth Bishop", in George Monteiro, ed., *Conversations with Elizabeth Bishop*, Jackson: University Press of Mississippi, 1996, p. 23.
② Brett Millier, *Elizabeth Bishop: Life and the Memory of It*, Berkeley: University of California Press, 1993, p. 130.
③ Brett Millier, *Elizabeth Bishop: Life and the Memory of It*, Berkeley: University of California Press, 1993, p. 131.

第二章 学科越界：跨学科交往

之处，"蚁阵似的"则凸显了他们动作的僵硬、机械、敷衍和毫无情感。

毕晓普不仅对虚伪的宗教道德进行辛辣的讽刺，还对西方的基督教文明进行严厉的批判。1960年，在定居巴西期间，毕晓普创作了诗歌《巴西，1502年1月1日》。在诗中，险恶的葡萄牙殖民者以自己奉守的原罪观窥视、曲解殖民地风光，以开荒、教化为名掠夺当地物产，改造土著文化，其背后驱使着的是"以基督教世界观的名义进行一场帝国主义的征服"[1]。讽刺的是，巴西自然的野性之美，虽然被打上"罪"的烙印，但也使他们产生一种逾越禁忌的诱惑。做完礼拜后，他们开始将原始肉欲发泄在强奸土著妇女身上，享受着一种置身化外之地的快感。正如诗中所写，"基督徒正是这样，硬得像钉子，/小得像钉子，闪闪发光，/披着吱吱作响的盔甲，来发现它/并不熟悉的一切"（92）。他们邪恶、伪善的行径，不仅违背了基督教的真正教诲，而且的确有如钉子将基督重钉十字架。正是通过蕴藉绵密的多重批判，毕晓普完成了对基督教文明的血泪控诉。

大体而言，毕晓普批判的主要不是宗教，而是以宗教为依

---

[1] Michael Ryan, *Literary Theory: A Practical Introduction*, Oxford: Blackwell, 1999, p. 150.

托的世俗化流弊,包括死板的宗教仪式、狭隘的宗教情感、虚伪的宗教道德、堕落的基督教会乃至罪恶的基督教文明等。正是基于对宗教文化之弊的清醒认识,毕晓普能够站在文化反讽的立场检视和驳斥举世普遍的宗教观,坚持信仰的"不可知",而且声称要以"艺术的形式,即对世界进行艺术的把握"① 来予以抗衡。但是,另一方面,毕晓普又无法完全撇开宗教文化的影响,她不仅从宗教文化中汲取人文思想与养料,而且深受宗教精神的吸引。正是在信与不信的夹缝中,在艺术与宗教的碰撞中,毕晓普确立了自己的诗学观:用"神圣精神"去援助诗歌创作并实现其形变,让诗与宗教共同指引现代人类。

(三)圣俗之间与诗歌实验

关于毕晓普诗歌的"神圣精神",学界已有不同程度的关注。卡斯特罗认为,毕晓普的诗歌热衷"超越和圣显",乐于追求"超越感知的意义和限度"②。迪尔指出,毕晓普

---

① Barbara Page, "Off-Beat Claves, Oblique Realities: The Key West Notebooks of Elizabeth Bishop", in Marilyn May Lombardi, ed., *Elizabeth Bishop: The Geography of Gender*, Charlottesville: University Press of Virginia, 1993, p. 207.
② Bonnie Costello, *Elizabeth Bishop: Questions of Mastery*, Cambridge: Harvard University Press, 1991, p. 91.

的诗歌自始至终受到一种神秘的宇宙力量的布控。① 即便是主张"不信教"的学者，如文德勒也不得不承认，毕晓普的诗歌具有"存在的无限性"②。概而言之，作为一种生命的存在状态，毕晓普的"神圣精神"，"不是对于上帝或诸神的信仰，而是对于神圣的经验"③，它与生命的动力与来源、世界的存在与意义乃至人生的真理与美德等观念相联系。

问题是，"神圣"精神根源何在？1956年5月，毕晓普在采访中说，"《圣经》是她最为喜欢的散文体作品"④。在创作中，毕晓普经常征引《圣经》典故，化用《圣经》意象，其"神圣"精神大多源自宗教现象底下更为根本的基础或"原型"，它们决定毕晓普诗歌的意义。与此同时，毕晓普在日记中写道："要用大自然赋予诗人的独特材料，一种对事物直接而强烈的感应，一种隐喻和修饰的感知，去表达外

---

① Joanne Diehl, *Women Poets and the American Sublime*, Bloomington: Indiana University Press, 1990, p. 106.
② Helen Vendler, "Domestication, Domesticity and the Otherwordly", in *World Literature Today*, Vol. 51, No. 1 (Winter 1977), p. 28.
③ Mircea Eliade, *The Sacred and the Profane: The Nature of Religion*, trans. Willard Trask, New York: Harper & Row, 1961, p. 12.
④ O Globe, "Pulitzer Prize Poet Lives in Petrópolis", in George Monteiro, ed., *Conversations with Elizabeth Bishop*, Jackson: University Press of Mississippi, 1996, p. 10.

在于事物的精神。"① 亦即是说,作为一种精神的存在形式,"神圣"不是精神的自我显现,而是经由自然之物来显现,它不是超然世界之外,而是寓于物质世界之中。为了更好地理解"神圣"与"世俗"的关系,克雷尔提出"神圣"(sacremental)和"具体化"(incarnational)② 两个概念分别予以阐释。在克雷尔看来,"神圣"和"具体化"不仅反映了诗人对于宗教文化的介入,而且也保证了她在某种程度上的疏离,其中微醉的"浪子"和居高的"不信者"是有力的证明。

事实上,毕晓普经常运用宗教神话原型,包括圣诞、圣餐、彩虹、方舟、伊甸园、公鸡、鱼等意象来阐释圣与俗的辩证关系。在诗作《2 000多幅插图和一个完整的经文汇编》的结尾,诗人打开"厚重的书",重温童年时期阅读圣经《启示录》中"圣婴诞生"的插图。在这幕神"道成肉身"的原初场景里,诗人眼前看到的却是冬夜里一户寻常穴居人家生火取暖,准备就寝的场面,"黑暗如门被打开,岩穴被光线打破,/一道镇定自若、浑然自足的火焰,/……婴孩的目光向外看"

---

① Brett Millier, *Elizabeth Bishop: Life and the Memory of It*, Berkeley: University of California Press, 1993, p. 65.
② Laurel Corelle, *A Poet's High Argument: Elizabeth Bishop and Christianity*, Columbia: University of South Carolina Press, 2008, p. 40.

(58—59)。细心的读者会发现,火光中的婴孩好比圣婴的临在。按照美国宗教史学家伊利亚德的观点,"时间既非同质也非连续的"①。在神话中,诗人能够经验到生命的起源,重返原初的时间,回到生命创造力的剧场。当神话照进现实,诗人同样可以感受到时间的"再生"与生命的"永恒"②。之所以如此,是因为诗人所经验的神圣并没有抽离于日常生活之外,而是具体活在生活世界的每个细节。因此,毕晓普的圣与俗是辩证统一的。

关于毕晓普圣俗二分的诗学思维,与她对宗教的理解不无关系。作为毕晓普的启蒙老师,她的外祖母天生一颗"玻璃眼"(glass eye)。毕晓普说:"玻璃眼从小吸引着我,其理念让我痴迷一生。……经常,玻璃眼朝向天国,或侧向另一角度,而真实眼朝向你。"③外祖母的情形很容易让她想起诗人的处境,"一种将现实与虚构相结合的困难;一种将自然与不自然相结合的不易;一种将正常视觉与人为幻觉相结合而产生的神奇效果"④。在毕晓普看来,诗人的创作有如外祖母的"玻璃

---

① Mircea Eliade, *The Sacred and the Profane: The Nature of Religion*, trans. Willard Trask, New York: Harper & Row, 1961, p. 68.
② Thomas Travisano, *Elizabeth Bishop: Her Artistic Development*, Charlottesville: University Press of Virginia, 1988, pp. 120-121.
③④ Elizabeth Bishop, *Poems, Prose, and Letters*, New York: The Library of America, 2008, p. 706.

眼",既要将自然与艺术凝合,又要将真实与想象超越,并最终在圣俗之间找到平衡。可以说,外祖母的"玻璃眼"不仅形塑了毕晓普圣俗二分的诗学思维,而且成为其诗歌创作的有力武器。

在"不信教"的年代,毕晓普说:"写诗是一种生活方式,它不是验证生活,而是体验生活。它不是解释世界的方式,而是感知世界的过程。在这个'过程中',人们会有显著的发现。"① 那么,如何获得显著的发现? 1964 年 1 月 8 日,在写给斯蒂文森的同一部书信中,毕晓普说:"梦、艺术品、经常成功超越日常生活的经验,以及意想不到的情感瞬间,让人们灵视(vision)外围世界永远看不到全貌却又异常重要的景象。"② 换言之,诗或梦等,可以帮助人们获得意外的发现。但毕晓普又说:"我无法相信人们彻底失去理性——我欣赏达尔文!阅读达尔文,……人们看见他聚焦事物的真实与细节,然后眩晕般坠入一个未知的世界。"③ 按照特拉维萨诺的解释,当诗人"致力于事物的表象与细节"时,她将进入一个"忘我

---

① Regina Colôniam, "Poetry as a Way of Life", in George Monteiro, ed., *Conversations with Elizabeth Bishop*, Jackson: University Press of Mississippi, 1996, p. 51.
②③ Elizabeth Bishop, *Poems, Prose, and Letters*, New York: The Library of America, 2008, p. 861.

与神奇"之境，开启"一段精神朝圣之旅"①。正是在"神圣精神"的指引下，原本混沌脱序、变动不居的事物，"实现了形变"②，找到了生命的定向。

为了进一步证明"神圣精神"具有援助诗歌创作并实现其形变所需的属性与特质，1940年3月，毕晓普在《党派评论》发表诗作《鱼》。在诗中，诗人描写了一个简单而又浅显的事实：首先，"我"钓到一条鱼；然后，"我"研究这条鱼；最后，"我"把鱼放了。据诗人后来回忆，诗中描写的事件实际发生在1938年，在一次泛舟垂钓中，她钓到一条大鱼。③ 接下来，诗人开始观察和研究这条鱼，以及它的奋勇求生。在诗人深情的注目下，她已完全地将自己投入她精心塑造的客观背景中去，为进入一个"未知的世界"做好了铺垫。诗末"彩虹"的出现，"从船底渗出的/油扩散成一道彩虹/……直到眼前的一切/化成彩虹，一道道彩虹"（43—44），颇具神圣意味，它取典于《圣经·创世记》中诺亚方舟的传说。当淹没众

---

① Thomas Travisano, *Elizabeth Bishop: Her Artistic Development*, Charlottesville: University Press of Virginia, 1988, pp. 104 – 105.
② Jeredith Merrin, "Elizabeth Bishop: Gaiety, Gayness, and Change", in Marilyn May Lombardi, ed., *Elizabeth Bishop: The Geography of Gender*, Charlottesville: University Press of Virginia, 1993, p. 153.
③ Wesley Wehr, "Elizabeth Bishop: Conversations and Class Notes", in George Monteiro, ed., *Conversations with Elizabeth Bishop*, Jackson: University Press of Mississippi, 1996, p. 42.

生的洪水退去之后，天际出现彩虹，作为上帝与人的约定，神许诺不再毁灭人类。最后，在神圣精神的感召下，诗人通过富有同情心的想象，获得一个超越性的发现："我把鱼放了。"(44)在毕晓普看来，世间万物，即使一条既老且丑的鱼，也值得继续其生命。

需要指出的是，毕晓普的"神圣精神"并不囿于宗教的范围，它还包括生命的力量、生命的实在、存在者、意义、真理、美等相关概念。尽管如此，毕晓普的诗之精神与宗教之间依然存在着难以割舍的关系。在基维斯特的笔记中，毕晓普借克尔恺郭尔之口满怀憧憬地指出，"在知识以前，诗歌成为幻想；有知识以后，宗教成为幻想。在诗歌与宗教之间，世俗智慧作为（神圣）智慧在生活中喜剧性上演。人们要么诗意地生活，要么宗教地生活，否则将被视为愚昧"[1]。毋庸置疑，作为具有"宗教性"的诗人，毕晓普不仅不愚昧，反而富有远见卓识，因为她坚信，"诗性"与"宗教性"共生共荣，协同造福人类的那一天必将到来。

然而，随着达尔文主义、杜威实用主义、弗洛伊德精神分析主义等文化思潮的兴起，美国社会开始步入一个世俗化的时

---

[1] Jonathan Ellis, *Art and Memory in the Work of Elizabeth Bishop*, Burlington: Ashgate, 2006, p. 50.

代。在这样的时代,毕晓普是以"不信者"的姿态而登上文坛的,但她并没有因此而失去信仰,她对精神的关切、神圣的追求,使得她的诗歌充满了深刻的宗教性与辩证性,其诗歌与宗教之间相互依存、互为主体,在文化共生的基础上形成学科之间交往的高级形态:一方面,毕晓普的诗在思想渊源、思维习惯、关注对象、表现形式、精神追求等方面深受宗教文化的濡染;另一方面,毕晓普的诗又从不信者的立场检视宗教,剖析宗教文化现象,讽写基督教会历史,暴露宗教社会弊端。作为一种导引和超越自身的力量,毕晓普诗的"神圣精神"不是对于诸神的信仰,而是对于神圣的经验,是透过世俗的表征,重新揭示和重现物质世界中隐藏着的令人不安的、骚动的、流动的、难以定义的奥秘与特质,并在伴随文本体悟人生境界和精神修养之时,世俗与神圣、现实与永恒、经验与超越等学科界限逐渐模糊乃至消失,生命的价值与意义在超凡脱俗、出神入化、回归神圣中得到确立与实现。

德国哲学家海德格尔说:"诗人的梦想是神(圣)性的,但他并不梦想一个神。"[1] 作为"神性"的重要表达方式之一,毕晓普的诗歌以文学意象的塑造和文化精神的阐扬,让人们重

---

[1] Jacques Derrida, *Acts of Religion*, ed. Gil Anidjar, New York: Routledge, 2002, p. 54.

新思考人生意义、伦理道德、社会责任乃至生命关怀，其文学使命与宗教诉求之间蕴含着共同的价值取向。然而，由于"不信教"，毕晓普的诗歌力求挣脱宗教形式化的枷锁，解构其宗教"神"学的光环，使其思想中富于理性和人道的思想精华发挥出来，并在与宗教文化的交流会通、权衡较量过程中，形成既有个人之特色，又顺应世界之潮流的新"精神"，是毕晓普诗学思想的最大特色，也是她对美国现代文化的最大贡献。正因为如此，毕晓普成为永载诗歌史册的诗人。

第三章

空间越界：多元文化思考

一、旅行写作与身份认同：毕晓普的"巴西组诗"解读

毕晓普的"巴西组诗"属于典型的旅行写作，体现了诗人对他国文化既想认同又想保持距离的矛盾心态，造成作品叙事视角的矛盾与对立。巴西组诗呈现了诗人身份认同与叙事策略同步进展的过程，形成了自我与他者被动—互动—主动的交往逻辑，以文学批判的方式勾画了旅行写作的心灵图景，重建了写作主体的同一性身份。

作为一种文类，旅行写作一直处在"旅行"之中，对于

"旅行"的论述以及"旅行写作"的界定，成为目前学术界新兴的议题之一。英国当代学者扬斯对旅行写作提出了相当严格的标准：首先，写作者应是一个旅行者，具有某种流动的经验；其次，对于旅行体验的真实性，他负有完全的道德责任。[1] 显然，旅行写作是书写旅行者真实体验和真切感受的文类。美国现代诗人毕晓普终其一生在旅行，曾数十次在加拿大、美国和巴西之间南来北往，其"诗歌向来是个人感受的自然生发"[2]，因此具备旅行写作的特质。自 1946 年第一部诗集《北与南》出版以来，毕晓普的每一部诗集几乎都与旅行有关，其中 1965 年出版的诗集《旅行的问题》已然成为"美国旅行写作"[3] 的重要著述，并逐渐形成广泛的影响。不过，评论界对该诗集的"巴西组诗"有着不同的理解：一些学者认为，组诗创作于"二战"后美国领导世界霸权的早期阶段，仍然坚持以二元对立的思维模式关注异域的

---

[1] Tim Youngs, *The Cambridge Introduction to Travel Writing*, Cambridge: Cambridge University Press, 2013, p. 4.
[2] Alexandra Johnson, "Geography of the Imagination", in George Monteiro, ed., *Conversations with Elizabeth Bishop*, Jackson: University Press of Mississippi, 1996, p. 99.
[3] Alfred Bendixen and Judith Hamera, eds., *The Cambridge Companion to American Travel Writing*, New York: Cambridge University Press, 2009, p. 270.

第三章　空间越界：多元文化思考

政治、经济与文化，体现的是典型的猎奇心态；[1] 另一些学者则指出，组诗以巴西为背景，实际上是对西方社会"殖民主义"和"帝国命运"的批判，应该理解为反殖民话语的一部分。[2] 这些评论对作品中主体与他者的关系及其文化意义都给出了较好的阐释，然而相反的结论却暴露出一个根本性问题：作品中的他者究竟如何体现写作主体的身份意识？换句话说，毕晓普的旅行写作与作家的身份认同具有怎样的关系？诗人采用了哪些独特的叙事策略来确认和重构自己的文化身份？本文试图通过对毕晓普"巴西组诗"的剖析来探讨和回答这一问题，进而揭示旅行写作的心灵图景。

（一）旅行写作与身份认同

1951年11月，毕晓普在纽约港登上"波普莱特（Bowplate）"号货轮，开始了期盼已久的环球旅行，并于当月26日下午抵

---

[1] Camille Roman, *Elizabeth Bishop's World War II-Cold War View*, New York: Palgrave, 2001, p. 146; Deborah Weiner, "Difference That Kills / Difference That Heals: Representing Latin American in the Poetry of Elizabeth Bishop and Margret Atwood", in Cornelliar Moore and Paymond Moody, eds., *Comparative Literature East and West: Traditions and Trends*, Honolulu: University of Hawaii Press, 1989, p. 208.
[2] Michael Ryan, *Literary Theory: A Practical Introduction*, Oxford: Blackwell, 1999, pp. 149–154; Robert Von Hallberg, "Tourism and Postwar Poetry", in *American Poetry and Culture: 1945–1980*, Cambridge: Harvard University Press, 1985, p. 83.

达桑托斯。在巴西逗留期间，毕晓普顺道拜访了以前在纽约认识的好友洛塔。由于旅途中误食了不新鲜的腰果，毕晓普险些丧命。幸得洛塔及其家人的照料，才逐渐痊愈，但却耽误了旅行的计划和船期。最后，毕晓普不得不接受洛塔的邀请，留在里约热内卢与她做伴，从此开始了长达18年的旅行生活，先后写下了《抵达桑托斯》《旅行的问题》《写给雨季的歌》《迈纽津霍》《巴比伦大盗》等作品，构成了著名的、引发颇多争议的"巴西组诗"。

当毕晓普致力于旅行写作时，学者开始关注诗人与旅行的关系。诗集《旅行的问题》刚一出版，汤林森就评论，"毕晓普的旅行是出于个人爱好，而不是像劳伦斯、勋伯格一样无家可归"[①]。或许是出于天性，或许是迫于生计，20岁刚过的毕晓普过起了迁移漫游的生活，先后在新斯科舍、纽约、基维斯特、里约热内卢、华盛顿、西雅图、旧金山和波士顿等地居住。不过，毕晓普的巴西之行让她彻底认识到旅行的意义及其问题。作为献给巴西情人洛塔的礼物，毕晓普的诗集《旅行的问题》意蕴深刻。在题记中，毕晓普直接引用葡萄牙著名诗人卡蒙斯的诗句，"献给您我的所有，可能的拥有，/献给您的越

---

① Charles Tomlinson, "Elizabeth Bishop's New Book", in *Shenandoah*, No. 17 (Winter 1966), p. 89.

第三章 空间越界：多元文化思考

多，对您的爱越深"(85)，既交代了写作的缘由，又表明了写作的心迹。然而，碰巧的是卡蒙斯也是一位旅行的诗人，他不仅到访过北非、印度，还在中国的澳门地区居住。沃恩克最早发现这一联系，并指出毕晓普与卡蒙斯一样，渴望"在旅行写作中追寻难以企及却又异常深邃的人性"[1]。事实上，在《抵达桑托斯》一诗，毕晓普就表达过她旅行的梦想，"向往一个不同的世界，/一种更好的生活，然后全然理解/这两者，且立刻理解"(89)。因此，从某种意义上说，诗集《旅行的问题》不仅是献给巴西情人的礼物，也是献给天下旅人的礼物。

根据学者的考证，毕晓普极为激赏爱默生在《柏拉图；或，哲学家》中说的一段话，"诗人创造性的体验，既非获自居家也非获自旅行，而是在居家与旅行之间"，这也许成为她旅行写作的座右铭。[2] 在同名诗作《旅行的问题》中，毕晓普以一个普通旅人的身份探讨了居家与旅行的关系，反映了诗人从居家的耽想到旅行的必要之心境转折。法国哲学家帕斯卡认为，人类的痛苦源自不能"安静地待在房间"，毕晓普不以为然，"或许帕斯卡不完全正确"。(94) 对毕晓普而言，不是

---

[1] Frank Warnke, "The Voyages of Elizabeth Bishop", in *New Republic*, No. 154 (9 April 1966), p. 19.

[2] Jonathan Ellis, *Art and Memory in the Work of Elizabeth Bishop*, Burlington: Ashgate, 2006, p. 107.

"缺乏想象力让我们来到/想象的地方",而是"缺乏对事物原初感知的信任"才让我们外出旅行。[1] 诗作透过哲学的省思,模糊了居家与旅行的分野:"我们是否应该高卧在家,/无论家在何方?"(94)此处,自我诘问的口吻蕴含着客观理性的思辨,它似乎还可以解读为:"如果我们高卧在家,何处是家?"毕晓普拒绝在旅行和家园之间划清界限,正如她晚年所言:"我从未有过特别的漂泊感,也曾未有过特别的家园感。我觉得,要形容诗人的家园意识,他把家园藏在心底。"[2] 可以想象,早年漂泊的旅行生活使得毕晓普成为一个永恒的旅行者,而家园对她来说只不过是一个美丽而逝去的身影。

事实上,在毕晓普的内心深处,加拿大的新斯科舍一直是她梦想的家园。由于父亲早逝、母亲病狂,毕晓普从小与外祖母一起生活在格瑞特村,蓝色的芬迪湾、青绿的草牧场、悦耳的唱诗班成为她童年的美好记忆。加拿大学者巴里说:"新斯科舍的人和物是毕晓普诗歌与散文的创作题材,同时决定着她

---

[1] Alexandra Johnson, "Geography of the Imagination", in George Monteiro, ed., *Conversations with Elizabeth Bishop*, Jackson: University Press of Mississippi, 1996, p. 101.
[2] Alexandra Johnson, "Geography of the Imagination", in George Monteiro, ed., *Conversations with Elizabeth Bishop*, Jackson: University Press of Mississippi, 1996, p. 102.

第三章 空间越界：多元文化思考

的诗学走向和审美情感。"[1] 6岁时，毕晓普离开新斯科舍，前往伍斯特念小学。每当全体学生向星条旗敬礼时，毕晓普觉得，"她正在背叛加拿大"[2]。中学毕业时，毕晓普的通讯录上还保留着新斯科舍的地址。1950年代，毕晓普甚至想过买下外祖母古老的住宅，以便退休后长期定居在新斯科舍。据内马尔回忆，毕晓普经常带着指南针旅行，睡觉时分总是习惯性地面向北方。[3] 可以说，新斯科舍不只是培育养育她的地方，还是她灵魂的终极之所。

虽然毕晓普自称为"3/4个加拿大人和1/4个新英格兰人"[4]，但美国诗坛包括加拿大学者都认为，毕晓普是一个美国诗人。不可否认，在身份的坐标系中，毕晓普的身份认同既指向南方的新英格兰，也指向北方的新斯科舍，诗集《北与南》的冠名就是有力的证明。颇具玩味的是，创作于巴西期间的诗集《旅行的问题》亦分为两部分，即"巴西组诗"

---

[1] Sandra Barry, *Elizabeth Bishop: An Archival Guide to Her Life in Nova Scotia*, Hantsport: Lancelot Press, 1996, p. 193.
[2] Gary Fountain and Peter Brazeau, *Remembering Elizabeth Bishop: An Oral Biography*, Amherst: University of Massachusetts Press, 1994, p. 14.
[3] Lorrie Goldensohn, "Elizabeth Bishop's Witten Picture, Painted Poems", in Laura Menides and Angela Dorenkamp, eds., *In Worcester, Massachusetts: Essays on Elizabeth Bishop from the 1997 Elizabeth Bishop Conference at WPI*, New York: Peter Lang Publishing, 1999, p. 168.
[4] Jonathan Ellis, *Art and Memory in the Work of Elizabeth Bishop*, Burlington: Ashgate, 2006, p. 83.

和"其他部分",前者体现了诗人面对南美文化的复杂心态和尴尬境遇,后者则追溯了诗人昔日北美社会的童年生活和历史记忆。卡尔斯通说,"诗集的两部分——北与南——彼此呼应又互不重叠"①,最终形成一个完整的统一体。不仅如此,卡尔斯通还进一步指出,"巴西组诗"反映了诗人的"文化觉悟"②与"自我定位"③,它是一个持续不断的文化参与和身份认同的过程。因此,身份的问题成为"巴西组诗"的首要问题。

毕晓普一生在北与南之间来回迁徙,正如她在《地图》一诗中所写,"地理学并无任何偏爱;北方和西方一样近"(3)。毕晓普的巴西之旅不仅为她的旅行写作提供了丰富、广阔的写作资源,而且能够让她近距离地审视巴西的一人一景、一事一物,能够让她将陌生转化为熟悉,将异乡变更为家园。"巴西组诗"呈现了一个充满诱惑力的异域世界,且不同程度地满足了读者的期待,但毕晓普清醒地意识到,她自始至终是一个具有双重身份的旅行者。

---

① David Kalstone, *Becoming a Poet: Elizabeth Bishop with Marianne Moore and Robert Lowell*, New York: Farrar, Straus and Giroux, 1989, p. 221.
② David Kalstone, *Becoming a Poet: Elizabeth Bishop with Marianne Moore and Robert Lowell*, New York: Farrar, Straus and Giroux, 1989, p. 214.
③ David Kalstone, *Becoming a Poet: Elizabeth Bishop with Marianne Moore and Robert Lowell*, New York: Farrar, Straus and Giroux, 1989, p. 218.

第三章　空间越界：多元文化思考

（二）双重身份与双重视角

1945年，伴随"二战"的结束，美国取代欧洲而成为世界文化的领导者，大批美国诗人开始走出国门，旅行写作成为人们所热议的话题。按照福塞尔的观点，旅行写作是"观察者与观察物之间相互作用的过程，是旅行者的心理成见和思想偏见不断接受旅行检验的过程"[1]。不过，对毕晓普而言，情形显得有些特殊。与同时代的大多数旅行作家相比，毕晓普的巴西之行鲜有明显的政治意识，但毕晓普也清楚，她来自第一世界，是个精英阶层的作家，可能会带上"殖民主义作家"[2]的印记。因此，自从踏上巴西土地的第一天起，她的情感始终处于十分复杂、矛盾的境地。

初抵桑托斯，毕晓普原本想象力停驻的地方变成了现实，美好的期待落空了。由于地理的阻隔、文化的守旧，巴西贫穷、落后，云气湿重、节候错乱，它的人民流露出南美人特有的散漫与空虚，这让她感到失望和沮丧。在早期所写的"三篇

---

[1] Paul Fussell, *Abroad: British Literary Travel Between the Wars*, New York: Oxford University Press, 1980, p. 126.
[2] Kim Fortuny, *Elizabeth Bishop: The Art of Travel*, Boulder: University Press of Colorado, 2003, p. 27.

组诗"①，亦即《抵达桑托斯》《巴西，1502年1月1日》和《旅行的问题》中，毕晓普从一个美国旅行者的视角，描绘了她切身的体验。随着桑托斯港的出现，毕晓普看到的只是简陋的仓库和塞满船只的码头，其失望的心情在《抵达桑托斯》的首句，"这儿是海岸；这儿是海港"（89），就可以见出来，仿佛一切事先安排妥当。最后，毕晓普决定离开桑托斯："我们随即离开桑托斯；/驱车进入内陆。"（90）然而，巴西内陆遍地森林覆盖，自然气候变化无常。面对多雨的季节、湿润的空气，毕晓普生活在节候错乱之中，在《旅行的问题》开篇，"这里瀑布比比皆是"（95），其中"比比皆是"（too many）暗示了诗人极度苦闷的心境。即使在抵达巴西一年后，毕晓普仍然不适应，"雨后黑色的石头湿重了许多，似乎挂着泪水"②，连常见植物的名字也叫不上来。对于当地人的生活，毕晓普进行过实地考察，其中关于迪亚曼蒂纳（Diamantina）小镇的"淘金场面"值得注意："他们站在河中间，形单影只，或三五成群。他们有时手握筛子将其置于水中，寻找钻石，有时在水面上左右摇晃木碗，找寻金子。在岩石遍布的宽阔河流中，他

---

① David Kalstone, *Becoming a Poet: Elizabeth Bishop with Marianne Moore and Robert Lowell*, New York: Farrar, Straus and Giroux, 1989, p. 214.
② Elizbieta Wójcik-Leese, *Cognitive Poetic Readings in Elizabeth Bishop: Portrait of a Mind Thinking*, New York: De Gruyter Mouton, 2010, p. 181.

们低着头注视着,仿佛钉上十字架,平添了一道呆滞的风景。"① 巴西人精神的空虚与怠惰,让毕晓普既同情又厌恨,哀其不幸,怒其不争。

爱默生有句名言,"去了欧洲我们才被美国化的"②。毕晓普说:"与欧洲相比,巴西才是真正的异域他乡。"③ 在"三篇组诗"里,毕晓普以一个美国旅人的身份凝视了巴西的自然景观,展现了诗人关于异域的想象与客观的现实之间的巨大差异,以及由这种差异所造成的自我与他者之间的紧张关系。尽管如此,毕晓普也在思考:"是否正确,在这座最陌生的戏院里,/观赏陌生人演戏?"(93)面对异域的国度,陌生的环境,毕晓普并没有像有的学者所说的那样,她纯粹用一种"傲慢的猎奇"④ 的眼光去俯视南美的一切,相反,她试图在现实与想象之间寻求一种新的平衡。这不仅表现在《抵达桑托斯》中的自我怀疑,还体现在《巴西,1502年1月1日》中的自我批判,并最终在《旅行的问题》中获得自我发现。卡斯特罗将这

---

① Lorrie Goldensohn, *Elizabeth Bishop: The Biography of a Poetry*, New York: Columbia University Press, 1992, p. 7.
② Ralph Emerson, *Conducts of Life*, London: J. M. Dent and Sons, 1908, p. 220.
③ Elizabeth Bishop, *One Art: Letters*, New York: Farrar, Straus and Giroux, 1994, p. 340.
④ Timothy Morris, *Becoming Canonical in American Poetry*, Urbana: University of Illinois Press, 1995, p. 129.

一过程称之为"游观的视角"①，亦即以游移观照个别物象之所见挑战和捣毁心中固定成型的理念，不断调整和缝合想象与现实之间的距离，进而实现过去与当下、异域与家园之间的视觉融合。可以说，毕晓普是通晓旅行游观的艺术与诀窍的，或许"真正的危险不是指向观察者，而是指向观察物"②。

长期生活在异文化的语境中，毕晓普的思想感情发生了渐变，其文化身份也随之嬗变。自从与洛塔坠入爱河后，毕晓普生活在难以名状的幸福和兴奋之中。洛塔出身巴西名门，爱好文学和艺术，并在欧洲受过良好的教育。加上在美国待过两年，她的英语说得和葡萄牙语一样流利。没过多久，毕晓普就搬进了洛塔在佩德罗波利斯的"萨曼巴亚"（Samambaia）庄园，从此开始了一段近乎完美的居住生活。1953年，毕晓普在写给洛威尔的信中说："在巴西，我感受到有生以来最大的快乐。我住的地方风景奇佳，我们现在拥有3 000多本藏书；经过洛塔的介绍，我认识了巴西绝大多数'知识名流'，而且我发现这里的人很坦率。"③ 扩大的社交圈，精神的满足感和

---

① Bonnie Costello, *Elizabeth Bishop: Questions of Mastery*, Cambridge：Harvard University Press, 1991, p. 138.
② Kim Fortuny, *Elizabeth Bishop: The Art of Travel*, Boulder：University Press of Colorado, 2003, p. 26.
③ Lorrie Goldensohn, *Elizabeth Bishop: The Biography of a Poetry*, New York：Columbia University Press, 1992, p. 9.

第三章 空间越界：多元文化思考

身份的认同感，使得毕晓普的创作有了新的力量源泉。

1960年，毕晓普发表了诗作《写给雨季的歌》和《雷电冰雹》，并以此歌咏她和洛塔的新家。根据特拉维萨诺的解释，两者都是爱情诗，《写给雨季的歌》更是"亲密无间的温床"[1]。特拉维萨诺还指出，毕晓普需要"封闭、安全"的港湾，而"萨曼巴亚"的房子为她提供了"一种赫尔墨斯主义的冥想与实践，因为有情人生活在港湾而不是之外"[2]。事实上，她们的房子并不封闭，而是向自然敞开，向"晨曦""白露""银鱼""书蠹"等开放，云风里外穿流，自然生态尽收眼底，是寓于自然造化之中的居家空间。虽然它"隐藏在云雾笼罩之中"，但自始至终拥抱大自然。可见，此诗不只是对爱情的礼赞，还是对家园生活与生命的讴歌。有学者认为，这两首诗的并置是因为前者自由的敞开正好"呼应了《雷电冰雹》令人窒息的短路"[3]，他们甚至将诗歌中冰雹、电线与欲望、性联系起来。笔者以为，《雷电冰雹》与《写给雨季的歌》一样，呈

---

[1] Thomas Travisano, *Elizabeth Bishop: Her Artistic Development*, Charlottesville: University Press of Virginia, 1988, p. 149.
[2] Thomas Travisano, *Elizabeth Bishop: Her Artistic Development*, Charlottesville: University Press of Virginia, 1988, p. 151.
[3] Angus Cleghorn, "Bishop's 'Wiring Fused': 'Bone Key' and 'Pleasure Seas'", in Angus Cleghorn, et al. eds., *Elizabeth Bishop in the 21st Century: Reading the New Editions*, Charlottesville: University of Virginia Press, 2012, p. 76.

现的是诗人对雨季生活的体验以及对美好家园的召唤。其中，毕晓普心爱的"托比"（Tobias）猫，在雷电交加的黎明惊慌失措地躲进主人暖烘烘的被窝，暗示了居家的甜蜜与温馨。正因为如此，"托比"猫的形象鲜活在人们的记忆中。

在巴西，毕晓普自认为度过了人生中最美好的时光。不过，巴西学者和毕晓普诗歌的翻译者布里托认为，"由于不能够或不愿意完全地掌握葡萄牙语，毕晓普不是一个高效的文化传递人；事实上，毕晓普需要的只是一个家——一个爱她的人和一个安心写作的地方"[1]。客观地说，布里托的评价有失公允。毕晓普喜欢写作，尤其喜欢写巴西生活，她甚至担心，巴西题材可能让她成为一个"异域的或风景的"[2]诗人，而不是用生命去体验的诗人。至于说"家"，布里托忽视了毕晓普对家园的理解，更何况，她经常折回美国，回到文化的源头，"就像潜水者浮出水面"[3]。事实上，在居住巴西期间，毕晓普并没有忘却自己的身份，相反，她还表达过深深的忧虑："如何驾驭巴西的题材而尽可能地让它鲜活有力，同时又不失为一

---

[1] Paulo Britto, "Elizabeth Bishop as Cultural Intermediary", in *Portuguese Literary and Cultural Studies*, No. 4/5 (Spring/Fall 2000), p. 496.
[2] Elizabeth Bishop, *One Art: Letters*, New York: Farrar, Straus and Giroux, 1994, p. 383.
[3] Léo Gilson Ribeiro, "Elizabeth Bishop: The Poetess, the Cashew, and Micuçu", in George Monteiro, ed., *Conversations with Elizabeth Bishop*, Jackson: University Press of Mississippi, 1996, pp. 14 – 15.

个新英格兰地区的加拿大新斯科舍人。"① 也许，正是这种对域外题材的矛盾立场，使得毕晓普成为一个优秀的旅行作家。

虽是身在异国他乡，毕晓普早已将巴西视为栖居的家园。然而，毕晓普又说，在巴西她是一个"彻底的美国诗人"②。正是这种暧昧的双重身份，使得毕晓普的旅行写作呈现出对他国文化既想认同又想保持距离的矛盾心态：一方面，她寻求与他国文化建立联系与根基；另一方面，她潜意识里留恋母国文化的光彩与锋芒，同时也造成作品叙事视角的矛盾与对立：作为美国人，她的视角或多或少打上殖民主义的印记；作为外来的巴西人，她又赋予巴西以家园主义的内涵，而身份的模糊与情感的嬗变使得她能够在自我与他者之间往返，在区别与认同之中辗转。在毕晓普的诗歌叙事中，自我与他者的关系显得游移不定，身份意识在拓展中建构，在建构中拓展。

（三）表述他者与表述自我

按照卡尔斯通的说法，"巴西组诗"拒绝接受"过去与现

---

① Elizabeth Bishop, *One Art: Letters*, New York: Farrar, Straus and Giroux, 1994, p. 384.
② Ashley Brown, "An Interview with Elizabeth Bishop", in George Monteiro, ed., *Conversations with Elizabeth Bishop*, Jackson: University Press of Mississippi, 1996, p. 19.

在之间的解释和关联",旨在唤醒"一个毕晓普几乎没有经历过的世界",它是一种"崭新、透明的'生活研究',是以自然的 C 大调去展现当下的历史"。① 卡尔斯通认为,毕晓普"巴西组诗"的旅行叙事深受洛威尔《生活研究》的叙事艺术的影响,以至他将这些诗歌解读为一种新的自传形式,而不是与自传相近的文类旅行写作。如果放下"生活研究"中沉重的"自我忏悔"的思想包袱,回到原本意义上亦即绘画层面的写实含义,我们会发现,毕晓普的"巴西组诗"使用了极富感知力的描写技巧和极具动态性的叙述方法,一种将"自然而然的笔调"② 与"持续不断的调整意识"③ 相结合的完美,其不断进展的叙事策略正好反映了诗人自我与他者被动—互动—主动的交往逻辑,最终在叙事风格的转变中完成了身份认同。

在最初的巴西之行中,毕晓普完全是以一个局外人的身份打量着她旅行的国度,有意或无意地夹带着西方旅行家式的观察、批评和嘲讽。《巴西》(1962)是毕晓普为纽约"生活世界图书馆"(Life World Library)系列撰写的一部介绍巴西地理

---

① David Kalstone, *Becoming a Poet: Elizabeth Bishop with Marianne Moore and Robert Lowell*, New York: Farrar, Straus and Giroux, 1989, p. 214.
② Alexandra Johnson, "Geography of the Imagination", in George Monteiro, ed., *Conversations with Elizabeth Bishop*, Jackson: University Press of Mississippi, 1996, p. 103.
③ Bonnie Costello, *Elizabeth Bishop: Questions of Mastery*, Cambridge: Harvard University Press, 1991, p. 130.

第三章 空间越界：多元文化思考

风光的大型画册。虽然她的编辑把原稿改得面目全非，虽然我们无从知晓巴西如何进入诗人的视野，但可以肯定的是，毕晓普始终将自己定位为"北方的白人"①。在一次拍摄归来的笔记中，毕晓普清晰地描绘了一幅"咖啡种植园"的图景："圆弧形，几乎成了圆锥形的绿色山丘上，黑人妇女头顶着成捆的咖啡树枝，就像蚂蚁背着蚂蚁蛋，孩子们在踢球，旁边是干燥、残败的墓地——还有风筝、气球以及时刻背在肩头的雨伞……"② 与康拉德笔下的非洲相近，毕晓普的巴西也略带帝国主义的投影，其黑人妇女像黑色蚂蚁背着沉重的蛋在艰难地前行，可怜的孩子在坑洼不平的山地上玩起了心爱的足球。在巴西，无论是妇女还是儿童都成了主体的对立面，成为自我的他者，而作者则将自己置于相对安全的位置，用一种客观、冷静、带有讽刺性的叙述，呈现了当代巴西社会的生活历史。无疑，它显示诗人的叙述视角仍处在他者文化之外，诗人的身份需要在自我与他者的区别中确立。

1956年，毕晓普在圣保罗《阿年比》(*Anhembi*)杂志发表《非法定居者的孩子》，标志她的诗歌创作从"巴西地理"

---

① Lorrie Goldensohn, *Elizabeth Bishop: The Biography of a Poetry*, New York: Columbia University Press, 1992, p. 1.
② Lorrie Goldensohn, *Elizabeth Bishop: The Biography of a Poetry*, New York: Columbia University Press, 1992, p. 5.

向"巴西精神"转变。① 同年,她又在《纽约客》上发表《迈纽津霍》,与前者并称为"贫民窟"的诗作。穆勒说:"如果没有创作《迈纽津霍》,将是遗憾。毕晓普花圃工的生活、文化态度如此与众不同,以至她渴望真正地去理解他。"② 作为"萨曼巴亚"庄园的仆工,迈纽津霍住在佩德罗波利斯半山腰的棚屋,他不仅负责洛塔家的杂务,还给毕晓普讲故事,他的孩子成为毕晓普的朋友,他的家庭是"她生活的重要组成部分"③。虽然该诗运用"诗人的朋友"洛塔的声音,叙述了她和迈纽津霍的租赁关系,但正如蒙特罗所说,用洛塔的声音来理解此诗"本身有问题",因为它的声音"怪异""滑稽",明显与巴西人,特别是像洛塔这样的主人身份不相符,所以,与其说是洛塔的声音,不如说是"毕晓普自我的声音"或者"一个名叫毕晓普的坐拥土地的局外人声音"。④ 蒙特罗的观点很有见地,因为只有像毕晓普这样的"巴西人",才会乐此不疲。虽然社会地位有差距,南北文化有差异,但毕晓普并没有因此

---

① George Monteiro, *Elizabeth Bishop in Brazil and After: A Poetic Career Transformed*, Jefferson: McFarland, 2012, p. 58.
② Lisel Mueller, "The Sun the Other Way Around", in *Poetry*, No. 108 (August 1966), p. 337.
③ Elizabeth Bishop, *One Art: Letters*, New York: Farrar, Straus and Giroux, 1994, p. 397.
④ George Monteiro, *Elizabeth Bishop in Brazil and After: A Poetic Career Transformed*, Jefferson: McFarland, 2012, pp. 40–41.

而高高在上，不可一世，而是摒弃狭隘的传统偏见，克服虚伪的等级观念，真正地去走近他、认识他，体现的是"潜藏于诗歌之下基督教的圣谕'爱你的邻居'"①。正是通过与邻居的交往与互动，毕晓普渐渐深入巴西文化的内核，认识到自己是其中的一分子。

随着时间的推移，毕晓普的足迹开始遍布巴西全境，这里有美丽的热带雨林、蜿蜒的亚马孙河流、古老的印第安人部落，她感受着这个国家新的魅力。然而，她也发现，这个国家政治腐败、经济贫弱、文化落后，人民生活在饥寒交迫的死亡线上。1964 年，毕晓普发表诗作《巴比伦大盗》，它反映了巴西社会的矛盾与危机，是典型的"社会问题诗"②。根据毕晓普《巴比伦大盗歌谣》（1968）的序言："米库索的故事是真人实事。几年前，发生在里约热内卢。我只更改了一两处小细节，还转译了几个贫民窟的名字。"③ 当时，毕晓普正住在里约热内卢的公寓里，透过双筒望远镜观看官兵缉捕米库索的过程，故事的其余部分取材于报纸，许多地方连措辞都没有改

---

① Thomas Travisano, *Elizabeth Bishop: Her Artistic Development*, Charlottesville: University Press of Virginia, 1988, p. 148.
② George Monteiro, *Elizabeth Bishop in Brazil and After: A Poetic Career Transformed*, Jefferson: McFarland, 2012, p. 62.
③ Elizabeth Bishop, *The Ballad of the Burglar of Babylon*, New York: Farrar, Straus and Giroux, 1968, p. 5.

动。在开篇，诗作呈现了巴西社会的背景图："里约茂密的山丘上，/滋长着一个可怕的污点：/来到里约的穷人，再也回不了家。"（112）这一幕展现了当时巴西东南部居民穷困潦倒的生活现状，以及他们蜂拥而至里约的悲情历史。米库索正是在这一社会动荡、文化碰撞时期成长起来的巴西人，他无依无靠，生活朝不保夕，最后不得不踏上铤而走险的犯罪道路。此诗因为它的"道德责任感"[1]，深受莫尔的喜爱。在写给姨母鲍尔斯（Grace Bowers）的信中，毕晓普谈及此诗创作的缘起："我是诗中那个'戴着双筒望远镜的富人'！"[2] 也就是说，毕晓普不仅是事发现场的见证人，也是诗歌叙事的参与者。至此，毕晓普完全从巴西社会的观察者、批评者变成了巴西人民心声的聆听者、记录者。她毫不掩饰自己的这个新角色，她成了他们中的一员。

诗集《旅行的问题》出版后，毕晓普一如既往地关注巴西底层人的社会生活，或重写、或改写、或创写巴西题材的诗歌，其中包括《前往面包房》《圣塔伦》《粉红狗》等。与

---

[1] Elizabeth Bishop, *One Art: Letters*, New York: Farrar, Straus and Giroux, 1994, p. 431.
[2] Lorrie Goldensohn, *Elizabeth Bishop: The Biography of a Poetry*, New York: Columbia University Press, 1992, p. 6.

第三章 空间越界：多元文化思考

同时代旅行写作中普遍存在的"世界美国化"[1] 的帝国认同所不一样，毕晓普的"巴西组诗"呈现出一种另类的"自我他者化"的认同过程，其更多关注生活在社会边缘的人物，如小个子士兵、印第安妇女、非法定居者的孩子、巴比伦大盗等，对他们投以同情与关切的目光，体现了诗人厚重的历史使命感和社会正义感，一种"拥抱而不是征服世界的责任意识"[2]。从这个意义上说，毕晓普不是传统意义上的"小诗人"[3]，而是现代意义上的大诗人，并且是一位极具使命意识的大诗人。

毕晓普一生在旅行，她以敏锐的目光注视着当地的每一种情态，桑托斯的山峦、里约热内卢的雨水、亚马孙的河人等都能激发她诗歌创作的灵感，其"巴西组诗"有自然风光之旅，有心灵对话之旅，有邻里互动之旅，有社会问题发现之旅，其旅行的风景，自然地包裹诗人真实的情感，自觉地

---

[1] Robert Von Hallberg, "Tourism and Postwar Poetry", in *American Poetry and Culture: 1945－1980*, Cambridge: Harvard University Press, 1985, p. 63.
[2] Thom Gunn, "Out of the Box: Elizabeth Bishop", in *Shelf Life: Essays, Memoirs, and an Interview*, Ann Arbor: University of Michigan Press, 1993, p. 84.
[3] Langdon Hammer, "The New Elizabeth Bishop", in *The Yale Review*, Vol. 82, No, 1 (January 1994), p. 138.

成为诗人自我的投射，在自我与他者持续的交往、碰撞和融会中，不断地调整、聚焦与改变，以文学批判的方式勾画了旅行写作的心灵图景，重建了写作主体的同一性身份。尽管毕晓普不喜欢在诗中直接涉入政治议题，但作为一个具有社会责任感和使命感的精英知识分子，她能够完全地突破西方中心主义窠臼，自由地进出母国文化与他国文化之间，以一种自由、开放的视角去审视、观照和接纳一个迥异于自我的世界，一个文化多元的世界。毕晓普的旅行写作，呈现了多元文化碰撞时期人类心灵的真实旅程，折射了生活在不同文化氛围中人们思想的成见与偏见，透露了交往接触后人们相互接纳的可能与可行，打破了长期以来人们对西方文化一味崇信与盲目崇拜的神话，颠覆和逆写了西方文化的优越性，其作品不仅具有个人的特质，而且具有更深刻的内涵，这使得毕晓普在美国旅行写作传统中占有举足轻重的地位：她不仅成为旅行写作传统中寥若晨星的诗人，也是美国诗歌传统中对"旅行的问题"发起全面反思的先驱诗人。在文化多元化和旅行白热化的今天，重新认识和发现毕晓普这样的旅行诗人，对我们反思当下文化的价值取向，重估既定的文化秩序，重返真诚的心灵，有着非常特别的意义。

第三章　空间越界：多元文化思考

二、帝国的命运与《生活》杂志：从毕晓普《巴西》的改编谈起

《生活》杂志的《巴西》以毕晓普的散文《巴西》为蓝本，表现了帝国视角下《生活》的创作动机与文化私见，《生活》的没落注定了帝国的命运。通过语境的还原，本文从《巴西》的改编出发，揭示了美国帝国事业和帝国表述的虚伪性与欺骗性，其文本交织着民族情感与帝国信念、美学思想与帝国利益等多方面的张力与合力，体现了文学与文化、美学与政治、历史与现实之间的互动性与共谋性。

1962年，美国时代公司出版了由《生活》（*Life*）杂志改编的散文作品《巴西》，该书是毕晓普为时代"生活世界图书馆"[①] 撰写的一部介绍巴西地理风光的大型画册，它曾伴随《生活》一起风靡全球。然而，毕晓普生前却很少提及它，有

---

① "生活世界图书馆"是时代《生活》杂志出品的系列丛书，主要用来介绍世界不同国家或地区的地理环境、历史文化、社会生活、政治经济乃至军事外交等方面的基本知识，其中包括《巴西》《日本》《德国》《中国》等。

时刻意回避它。毕晓普说:"或许没有人去阅读它,或许只是阅读其插图……那类文本很难说是我创写的,我试图展示完整的巴西——历史、经济、地理、艺术、体育——巴西的一切。"① 很明显,毕晓普憎恨《生活》版的《巴西》,并拒绝再次与《生活》进行合作。

时隔半个世纪,纽约 FSG 出版社于 2011 年出版了毕晓普的《散文》,并首次收录《巴西》手稿,这篇虽不算太长却曾名噪一时的文本自然引起了圈内人士的关注。同年,毕晓普巴西问题研究专家克莱格霍恩在《全球研究杂志》发表《毕晓普〈巴西〉(1962)的改编政治》一文,全面比较前后两个版本的异同,并揭示《生活》编辑改写背后的政治动机与文化诉求。② 虽然学界不乏学者借助于原始手稿对其进行重新阐释和评介,但总体来说,这些研究或集中于文本的改写以及由改写而导致内容的得失,③ 或专注于文本改写的人文因素和政治考量,④ 而没有将《巴西》的改编与《生活》的理念联系起来,

---

① Elizabeth Bishop, *One Art: Letters*, New York: Farrar, Straus and Giroux, 1994, p. 399.
② Angus Cleghorn, "The Politics of Editing Elizabeth Bishop's 'Brazil', Circa 1962", in *Global Studies Journal*, No. 3 (2011), pp. 47 – 58.
③ George Monteiro, *Elizabeth Bishop in Brazil and After: A Poetic Career Transformed*, Jefferson: McFarland, 2012, pp. 98 – 122.
④ Jay Prosser, *Light in the Dark Room: Photography and Loss*, Minneapolis: University of Minnesota Press, 2005, pp. 123 – 161.

也就是说始终缺乏一种历史性的整体审视。本书通过语境的还原，从单纯的文本层进入文化层，坚持从《生活》内部寻找原因，将《巴西》看成《生活》整体的一部分，在深入探讨文本改编背后的文化思想与帝国利益后，进一步揭示美国文化帝国主义事业的虚伪性与欺骗性，与必然失败的历史命运。

（一）毕晓普、《巴西》与《生活》杂志

20世纪五六十年代是图书、杂志、报纸等传统出版业的黄金年代。美国出版大亨卢斯于1923年3月创立时代公司，成为出版界的传奇，其旗下的三份杂志，《时代》(*Time*)、《财富》(*Fortune*)与《生活》，堪称"时代的眼睛"，左右着全球的舆论，并且改变了人们消费新闻和理解世界的方式。创刊于1936年11月19日的《生活》，以生动的文字和精致的图片，一跃而成为美国乃至全球"最受欢迎的杂志"[1]。《生活》的办刊理念是："看生活，看世界，见证伟大时刻；目睹穷人的面孔和骄傲者的姿态；去看不同寻常的事物——机器、军队、民众、丛林的深处和月球的阴影；去看人类的杰作——绘画、建

---

[1] 《生活》杂志发行量与流通率的描述（see A. J. van Zuilen, *The Life Cycle of Magazines: A Historical Study of the Decline and Fall of the General Interest Mass Audience Magazine in the United States During the Period 1946 - 1970*, Uithoorn: Graduate Press, 1977, pp. 247 - 267）。

筑和发现；去看千里之外的世界，去看隐藏在高墙和室内的事物，……去看并获得乐趣；去看并受到感动；去看并得到指引。"① 正是凭借其独特的创刊理念和创作视角，《生活》成为一本展示世界和理解世界的杂志。

随着《生活》的巨大成功，时代公司决定委托《生活》杂志编写一套关于"生活世界图书馆"的系列丛书。1961年6月，应《生活》杂志的邀请，毕晓普欣然接受并答应为丛书系列之一《巴西》撰写文本，成书的基本要求是"大幅精美的插图以及大约3.5万字的文稿，内容不限，但不可太生活"，稿费1万美元外加往返美国的机票。作为1956年普利策诗歌奖得主，毕晓普此时在巴西生活了整整10年，对巴西社会、历史、地理等早已了然于胸，况且她占有大量的素材，甚至"可以将有趣的笑话套用在可爱的巴西人身上"。② 多年以前，毕晓普就曾向友人透露，她正准备创作一本关于巴西旅行的书籍，连书的名字《黑豆与钻石》(*Black Beans and Diamonds*)都已拟好。不过，对《生活》而言，

---

① Henry Luce, "Prospectus for *Life*", in Erika Lee Doss, ed., *Looking at Life Magazine*, Washington: Smithsonian Institution Press, 2001, p. v.
② Elizabeth Bishop and Robert Lowell, *Words in Air: The Complete Correspondence between Elizabeth Bishop and Robert Lowell*, New York: Farrar, Straus and Giroux, 2008, pp. 364 – 365.

他们挑选毕晓普，一方面是基于毕晓普的人气和名气，进而更好地推销《巴西》；另一方面则因为她在巴西政界、艺术界、新闻界有着深厚的人脉和广泛的影响力，这样可以更有效地宣传巴西。可以说，既是《生活》选择了毕晓普，也是毕晓普选择了《生活》。

然而，不幸的是，《生活》将毕晓普的《巴西》改编得面目全非。毕晓普的《巴西》，其主题是美国人如何看当下的巴西，虽然"主题"一词不足以概括这本书的要旨，正如毕晓普在访谈中所说，"我对巴西没有任何理论性偏向"[①]。但由于个人的兴趣和题材的选择，毕晓普的《巴西》更多关注野生动物和热带植物，包括鹦鹉、猴子、犀鸟、食蚁兽、白蚁巢、巴西大闪蝶等，还有巴西的黑奴和性情各异的印第安人。在毕晓普看来，她要展示巴西经久不衰而又时时更新的世界，而不是转瞬即逝或昙花一现的事物。可见，她的主题是"够生活的"。然而，《生活》的《巴西》却注重巴西的"人民"和政治，特别是巴西的"美式民主"进程，以及巴西社会左倾将导致"对整个中、南美洲的深

[①] Beatriz Schiller, "Poetry Born out of Suffering", in George Monteiro, ed., *Conversations with Elizabeth Bishop*, Jackson: University Press of Mississippi, 1996, p. 80.

远影响"①。即便对"自然"感兴趣，它也只关注巴西可出口的自然资源，如可开产的富矿，亚马孙的橡胶，高原地带的畜牧业等。总之，《生活》的主题是政治的，巴西是一片尚未开发、充满期待的土地，是一个"充满变数和不确定的国度"②。

最后，《生活》用"美国民主"和"泛美理想"③ 成功取代了毕晓普的《巴西》，并以"毕晓普和《生活》"的名义公开发行。这让毕晓普极为气愤。她旋即发表声明，这本著作不是"她的"，并拒绝承担任何责任。毕晓普说，《生活》的视角过于"蛮横""高傲"和"居高临下"④，而她的意图是让美国人真正认识和走进巴西，"巴西需要的不是美国的贷款，更不是不尽如人意的世界文化'美国化'理念，而是相互理解与彼此欣赏"⑤。与《生活》"愚昧的沙文主义"⑥ 相比，毕晓普倡

---

① Elizabeth Bishop and The Editors of Life, *Brazil*, New York: Time Incorporated, 1962, p. 146.
② Elizabeth Bishop and The Editors of Life, *Brazil*, New York: Time Incorporated, 1962, p. 145.
③ Elizabeth Bishop and The Editors of Life, *Brazil*, New York: Time Incorporated, 1962, p. 7.
④ Elizabeth Bishop, *One Art: Letters*, New York: Farrar, Straus and Giroux, 1994, p. 403.
⑤ Elizabeth Bishop, *Prose*, New York: Farrar, Straus and Giroux, 2011, p. 247.
⑥ Jay Prosser, *Light in the Dark Room: Photography and Loss*, Minneapolis: University of Minnesota Press, 2005, p. 141.

第三章 空间越界：多元文化思考

导文化的宽容主义，一种"拥抱而不是征服世界的责任意识"①。3年后，《生活》愿意出资更多的钱来修订和再版这本书，她断然拒绝了。或许金斯堡说得对："你还会让时代的杂志破坏生活的心情吗？"② 不过，对毕晓普而言，似乎已经太晚了。

自从接到邀请以后，毕晓普与《生活》一直处在争执之中。他们随意更改毕晓普的文稿，任意增删她的内容，有时竟然到了荒诞的地步，"《生活》的《巴西》糟透了，许多句子简直匪夷所思"③。可是，在《生活》看来，作为南美的大国，巴西是美国倚重的"兄弟国"，必须成为美国文化帝国主义事业说服和收编的对象，为此篡改巴西的历史也在所不惜。因此，文化的偏执与宽容，帝国的意志与利益成为毕晓普与《生活》争论的焦点，也成为美国与巴西而展开的戏场，的确"是相互理解与彼此合作的时候了"④。

---

① Thom Gunn, "Out of the Box: Elizabeth Bishop", in *Shelf Life: Essays, Memoirs, and an Interview*, Ann Arbor: University of Michigan Press, 1993, p. 84.
② Elizabeth Bishop, *One Art: Letters*, New York: Farrar, Straus and Giroux, 1994, p. 406.
③ Elizabeth Bishop, *One Art: Letters*, New York: Farrar, Straus and Giroux, 1994, p. 399.
④ Elizabeth Bishop and The Editors of Life, *Brazil*, New York: Time Incorporated, 1962, p. 7.

(二) 历史认知与文化偏执

1500 年 4 月 22 日，以航海家卡布拉尔（Pedro Cabral）为首的葡萄牙船队，意外地抵达巴西东北部巴伊亚海岸，史上称之为"发现巴西"。在随后 3 个多世纪里，葡萄牙人在此定居，并逐渐让巴西成为自己的殖民地。1822 年，巴西摄政王佩德罗一世（Dom Pedro）宣告独立，接下来便是海外移民潮的涌入，这不仅使得巴西的政治、经济、文化有了突飞猛进的发展，而且也使得巴西社会更加开放，与外界联系更加紧密，思想交流更加频繁。1889 年，佩德罗二世被废黜，丰塞卡（Deodoro Fenseca）建立巴西共和国，从此开始艰难曲折的现代化进程。总之，300 年的殖民，70 年的帝制，70 年的发展是毕晓普与《生活》要面对的历史前提。

在巴西帝国时期，佩德罗二世是一位出色和开明的君主，在位近 50 年，得到了巴西人广泛的尊重和拥戴。1876 年，他赴美考察，希望能有所作为。他崇拜林肯，拜访斯托夫人，与波斯顿的超验主义者以及废奴主义者通信往来，并致力于巴西的废奴主义运动，被毕晓普誉为"民族的导师"[1]。然而，《生

---

[1] Elizabeth Bishop, *Prose*, New York: Farrar, Straus and Giroux, 2011, p. 164.

活》却讥讽他为"典型的维多利亚人"①，在他与随从于尼加拉瓜瀑布前合影的背后写道，世界上最大的伊瓜苏瀑布拥有者，而他从没有关心过。②与佩德罗推崇民主相比，《生活》显得别有用心，一方面诋毁他对巴西文化的无视与冷漠；另一方面却彰显美国文化的优越与卓绝。事实上，在土著主义运动（Indianismo）时期，佩德罗率先垂身示范，"不仅采用印第安人名字，还将印第安人的首领增补到自己的世系中去"③，并用宪法的形式规定，国家承认印第安人的社会组织，它的语言、信仰和传统，并保证他们拥有生存和发展所需要土地的权利。而《生活》不仅对佩德罗的历史贡献视而不见，而且大肆剪除毕晓普对他的业绩颂扬，还贴上两张令人啼笑皆非的图片，一是印第安人的守卫者，白人奥兰多·博厄斯（Orlando Boas）；二是博厄斯手指白人头盖骨，亦即他是印第安人的牺牲品。

如果说《生活》对巴西历史的想象还属于文化的误读，那

---

① Elizabeth Bishop and The Editors of Life, *Brazil*, New York: Time Incorporated, 1962, p. 40.
② Elizabeth Bishop and The Editors of Life, *Brazil*, New York: Time Incorporated, 1962, p. 45.
③ Elizabeth Bishop, *Prose*, New York: Farrar, Straus and Giroux, 2011, p. 192.

么，它对现实的理解则纯粹是"文化的偏见"[1]。根据毕晓普的观点，她不喜欢《巴西》插入摄影师凯塞尔（Dmitri Kessel）的图片，因为它不能代表巴西社会、地理、建筑等风格与特点，可是《生活》坚持使用其拍摄的里约热内卢的科帕卡巴纳海湾的面包山作为封面。很显然，毕晓普渴望展示巴西独特的风景，而不是时尚的内容。据毕晓普的《巴西》所载，巴西是一个充满"悖论与反讽"[2]的国度，人口迅速膨胀的同时是居高不下的婴儿死亡率，财富迅速集中之余是骇人听闻的生活赤贫，浮华与疾苦相伴、善良与罪恶并存。里约热内卢拥有世界上最大的贫民窟，其人口占里约热内卢总数的 1/3，这些人大多来自巴西东南部，他们的蜂拥而至酿成了最严重的社会问题。[3] 为此，1964 年毕晓普专门发表长诗《巴比伦大盗》再现这一幕，反映当时巴西社会的矛盾与危机，其中主人公米库索（Micuçú）成为千千万万个挣扎在生活死亡线上巴西人的代表，同时也是社会的牺牲品。对他们投以同情与关切的目光，体现了毕晓普深沉的历史使命感和社会正义感，以及作为一个精英知识分子应有的道德责任。

---

[1] Brett Millier, *Elizabeth Bishop: Life and the Memory of It*, Berkeley: University of California Press, 1993, p. 328.
[2] Elizabeth Bishop, *Prose*, New York: Farrar, Straus and Giroux, 2011, p. 164.
[3] Elizabeth Bishop, *Prose*, New York: Farrar, Straus and Giroux, 2011, p. 198.

然而,《生活》对此置若罔闻,它关注巴西的现代化建设。正如毕晓普所言,"他们真的难以置信,他们关于巴西的理解陷入针尖上面"①。一方面,它不断美化巴西的工业化进程,大肆宣扬它给城市带来的活力与魅力,并称赞"里约热内卢是一个充满惊奇的城市"②;另一方面,它极力肯定巴西迁都至西部巴西利亚的举措,一味鼓吹其为现代建筑史上的奇迹,并用"荒野上的移植"③来形容巴西政府的杰作。殊不知,大多数巴西人,包括后来当选的总统夸德罗斯(Jânio Quadros)都坚决反对迁都,它不仅耗费巨资、耗空国库,而且直接导致人民生活水平下滑、社会全面倒退。最后,《生活》不得不承认,"里约热内卢才是巴西的心脏和灵魂"④。在赞叹巴西现代化之余,《生活》不忘责问巴西,从办公的低效到城市的肮脏,从未曾粉刷的建筑到粗鄙不堪的司机,从混乱的交通到匮乏的水源,它把这一切都视为"国民的性格"或"政府的无能"。但是,它没有想过,这一切"十之八九归根于贫穷"⑤;它更

---

① Elizabeth Bishop, *One Art: Letters*, New York: Farrar, Straus and Giroux, 1994, p. 403.
② Elizabeth Bishop and The Editors of Life, *Brazil*, New York: Time Incorporated, 1962, p. 56.
③ Elizabeth Bishop and The Editors of Life, *Brazil*, New York: Time Incorporated, 1962, p. 59.
④ Elizabeth Bishop and The Editors of Life, *Brazil*, New York: Time Incorporated, 1962, p. 58.
⑤ Elizabeth Bishop, *Prose*, New York: Farrar, Straus and Giroux, 2011, p. 249.

没有想过，美国人的富足建立在他国人的贫穷之上。

因此，《生活》不应简单地评判他国的得失，而应积极地思考美国民主的价值。但是，它没有。它不仅删除了毕晓普对美国政治的指责，"美国和巴西的共同点绝不只是咖啡和可乐，虽然我们现在在这方面有了更多的往来"①，还篡改了毕晓普对美国民主的批评，"巴西的种族问题是当今世界上处理得最为优雅的，没有丝毫的痛苦，而我们从未以巴西的方式应对这一问题"②。事实上，巴西民族来自世界三大种族：蒙古人种的美洲印第安人、非洲黑人和欧洲高加索人，他们是早先由这三个种族互相通婚而出生的混血人，而巴西人引以为豪的正是他们"种族的宽容"③。毕晓普说，巴西是一个"种族民主"④的国家。尽管如此，《生活》仍然以"民主"的化身为巴西的未来指路："要想成为未来的强国，巴西需要进行人文方面的革新鼎故……需要政府方面的脱胎换骨。"⑤

从文化的想象到历史的误读，从现实的成见到民主的责

---

①② Elizabeth Bishop, *Prose*, New York: Farrar, Straus and Giroux, 2011, p. 247.
③ Elizabeth Bishop, *Prose*, New York: Farrar, Straus and Giroux, 2011, p. 230.
④ Léo Gilson Ribeiro, "Elizabeth Bishop: The Poetess, the Cashew, and Micuçu", in George Monteiro, ed., *Conversations with Elizabeth Bishop*, Jackson: University Press of Mississippi, 1996, p. 16.
⑤ Elizabeth Bishop and The Editors of Life, *Brazil*, New York: Time Incorporated, 1962, pp. 149-151.

难，作为"伟大的美国杂志"[①],《生活》关于巴西的认知可谓典型的"帝国主义"心态，它不仅没有真实地"记录"巴西，反映巴西，反而在按照他们的需要"想象"巴西，歪曲巴西，从而达到重塑巴西，控制巴西的目的。可以说，《生活》不仅体现了美国文化的自私、偏狭与狂妄，而且也透露了作为"民族国家"话语的代言人，《生活》正在依靠大众传媒的力量，强力推行美国帝国主义意识形态和文化观念，进而为美国帝国主义事业和利益服务。所以，毕晓普的巴西情人洛塔说，《生活》"杀死了巴西"[②]。

(三) 美学理念与帝国利益

按照伊格尔顿的观点，"意识形态是权力的迫切需要而产生或扭曲的思想形式。……意识形态是种种话语的策略，是对统治权力感到难堪的现实或移置，或重铸，或欺骗性地解说，从而竭力使统治权力得以自我合法化"[③]。也就是说，意识形

---

① Loudon Wainwright, *The Great American Magazine: An Inside History of Life*, New York: Knopf, 1986, p. 1.
② Elizabeth Bishop and Robert Lowell, *Words in Air: The Complete Correspondence between Elizabeth Bishop and Robert Lowell*, New York: Farrar, Straus and Giroux, 2008, p. 413.
③ Terry Eagleton, *The Eagleton Reader*, ed. Stephen Regan, Oxford: Blackwell, 1998, p. 234.

态和权力紧密相连,权力的背后是需要,它与各种各样的利益纠缠在一起。因此,意识形态及其话语策略,既遵守权力又矫饰权力,既追随利益又创造利益。作为帝国主义意识形态的工具,《生活》是美国输出文化帝国主义思想的重要方式,它表现出美学思想与帝国利益相结合的双重话语。

20世纪中叶,随着美国经济的骤然增长,国家自信空前膨胀,消费主义迅速抬头,新闻报刊、时尚杂志,如《星期六晚邮报》《生活》《时代》等成为炙手可热的生活消费品。1961年,正值毕晓普创作《巴西》之际,她的《生活》经纪人布兰特(Carl Brandt)明确指出,若想"以邮政的方式"扩大发行量,《生活》需要"这个国家的卖点",真相不过其次。《生活》主编艾伦(Oliver Allen)更是直截了当,《巴西》既不是旅行指南,也不是历史教材,《巴西》的读者"虽聪明过人但未必教育良好","他们有了解世界上重要国家的消费欲望,但未必有机会前往其中一二"。[1] 故而,与其说《巴西》是写给"现实的旅行者",毋宁说是写给"神游的旅行者"。在与《生活》持续交往的过程中,毕晓普发现,"自然材料没有用武之地,他们一直按照自己的方式进行合法地加工,然后根据自己的需

---

[1] Jay Prosser, *Light in the Dark Room: Photography and Loss*, Minneapolis: University of Minnesota Press, 2005, p. 130.

第三章 空间越界：多元文化思考

要呈现出来，而无视她的一切……他们看上去就像从化工厂的副产品中酿造出合成的烤制奶酪，全然不顾写作——甚至是新闻写作"[1]。鉴于此，生活的素材和题材完全被改写，作者的个性和语言彻底被抹平，创作者的思想与道德可以忽略不计。

事实上，《生活》自始至终倡导所谓的"集体新闻写作"[2]，其组成人员通力合作，权责分明，摄影、调研、创作、编辑等分工明晰，互不干涉而又互相支持，主编统领全局，裁决定夺，并最终形成一套完整的文本生产链。在一个出版业发展迅速、竞争空前激烈的年代，《生活》深深懂得，要想在杂志行业完全立足，仅靠报道事实是远远不够的，对于事实完全保持中立的立场几乎是不需要也是不可能的，更何况世界上许多事实与无数人物，超越了一个人的幻想和理解力的限度。基于这种理念，《生活》允许编辑们把事实的估价与生动的解析结合起来，在寓教于乐中显示杂志的立场，告诉读者生活的意义，进而满足读者的期待视野，博得他们的青睐。因此，《生活》崇尚合成与改写。作为《生活》长期撰稿人，萨金特（Winthrop Sargeant）颇有感言，"一切都是改编。一旦文稿

---

[1] Elizabeth Bishop, *One Art: Letters*, New York: Farrar, Straus and Giroux, 1994, pp. 399-400.
[2] W. A. Swanberg, *Luce and His Empire*, New York: Scribner, 1972, p. 151.

送到编辑手里，它将彻底被改写，就像生产的肉制香肠一样，然后在杂志上公开发行"[1]。或许，《生活》的聪明之举在于集思广益，群策群力，然这也正是它为人所诟病之处，它以牺牲真实与确切为代价。

同年，肯尼迪政府出台《对外援助法案》，向第三世界提供经济贷款。作为"欠发达的工业化"[2]国家，巴西一直是美国在南美洲投资的主要对象国，但由于巴西社会政治动荡、政权更迭频繁，美国政府始终举棋不定。为了赢得美国政府的支持，《生活》不惜美化巴西独裁，漂白巴西人种，改写巴西历史，制造社会舆论，进而影响投资者的决策，并呼吁："巴西需要经济援助。"[3] 事实上，随着巴西新都的落成，库比契克政府财政赤字惊人，人民生活水深火热，工农运动风起云涌，走共产主义还是资本主义是当时巴西人不得不面临的政治抉择。虽然他的继任者无论是夸德罗斯还是古拉特（João Goulart）都是"民粹主义者"[4]，但他们

---

[1] Winthrop Sargeant, "Sausage Meat", in *In Spite of Myself*, New York: Doubleday, 1970, p. 229.
[2] Elizabeth Bishop and The Editors of Life, *Brazil*, New York: Time Incorporated, 1962, p. 97.
[3] Elizabeth Bishop and The Editors of Life, *Brazil*, New York: Time Incorporated, 1962, pp. 147–148.
[4] Thomas Skidmore, *Politics in Brazil: 1930–1964: An Experiment in Democracy*, New York: Oxford University Press, 1967, p. 201.

无一例外遭到巴西中产阶级的坚决反对，而"这些人恰好是支持民主和拥护美国的"①。于是，《生活》借题发挥，大做文章，一方面对库比契克及以前的亲美政府进行浓墨重彩；另一方面则对现任政府思想偏左轻描淡写，其政治用心昭然若揭，其意图在于彰显美国民主制度的优越性与合法性。据此可知，《生活》的追求与帝国的利益是一致的。

尽管巴西前途未卜，美国前驻巴西大使卡伯特（John Cabot）在《巴西》序言中写道，"作为美国的传统朋友，……巴西为建立泛美联盟作出了巨大贡献"②。然而，《生活》不只是为了创建泛美联盟，更是为了建立美式帝国。正当《生活》为帝国的投资摇旗呐喊之时，作为帝国的商品，《生活》已经开始渗透到世界的每一个角落。在巴西、加拿大、英国、法国、澳大利亚等地，《生活》随处可见。面对《生活》洪流滚滚来袭，身居海外的毕晓普望而兴叹，"这个世纪最令人悲哀的事情之一就是地方文化的不断消亡——它确实无处不在。（在巴西）……乡村将不复存在，成群的卡车载着奶粉……和

---

① Elizabeth Bishop, "Letter to the Editor", in *New Republic*, 30 April 1962, p. 22.
② Elizabeth Bishop and The Editors of Life, *Brazil*, New York：Time Incorporated, 1962, p. 7.

时代的杂志接踵而来"①。作为文化帝国主义的一分子，《生活》不仅成为美国商业的摇钱树，还是政治的传声筒。1944年，《生活》《时代》《财富》率先成立战后问题研究会，评析美国与战后欧洲的关系，对战后欧洲的期待，欧洲的现状以及设计和平交涉的程序与目标，并讨论有关德国问题等。立足欧美、放眼世界，是《生活》等杂志共同的期待，正如《生活》摄影师金（Alexander King）所说："《生活》《时代》《财富》……始终坚信，缺乏资本主义信仰就是践踏知识和智慧的神圣源头。"② 可见，创立以美国为首的资本主义帝国才是《生活》的政治愿望与终极使命。

虽然康德一再声称审美的无功利性，但在《生活》的世界里，文化与政治、美学与利益之间一直存在着微妙的共谋关系。具体地说，《生活》通过文学的重组与改编，针对各种社会现象进行艺术的阐释与掩饰，然后透过文化价值的侵入和渗透来管控文化资源与世界市场，进而达到重塑他国人民的价值观、行为准则、社会制度和文化身份，使之服从帝国主义的需

---

① Elizabeth Bishop and Robert Lowell, *Words in Air: The Complete Correspondence between Elizabeth Bishop and Robert Lowell*, New York: Farrar, Straus and Giroux, 2008, p. 401.
② Alexander King, "Everybody in His Right Mind", in *May This House Be Safe From Tigers*, New York: Signet, 1960, pp. 116–117.

要。潜藏其中的是，帝国权力的运作与帝国利益的争夺，在建立和维护帝国权威的合法性的同时，自然暴露了帝国文化的欺骗性和帝国事业的虚伪性。从这个意义上说，毕晓普的《巴西》是《生活》理念和美国利益的牺牲品。

（四）美国文化帝国主义论

关于《生活》的理念，《生活》创办人和执行总编卢斯在1941年2月17日发表的《美国世纪》一文中给出了如下解释：作为"上帝的特别恩赐"，美国人"热爱自由，向往均等的机会，拥有自信、独立与合作的品质……现在是将这些理念播撒到世界的时候了"[1]。与此相应，卢斯还主张，建立新国际主义才是"民有、民治、民享"的体现。应该说，卢斯的观点有效地反映了《生活》的理想，亦即美国生活就是世界生活。在"美国世纪"里，美国将是至高无上的，紧张消逝，战争消弭，理想获得实现。

透过《生活》，《美国世纪》让数以百万计读者读到，并迅速传遍世界。时代公司免费提供复印本，还在《纽约时报》等刊登广告推介《美国世纪》《读者文摘》《华盛顿邮

---

[1] Henry Luce, "The American Century", in *Life*, 17 February 1941, p. 65.

报》等新闻媒体全文转载。著名专栏作家李普曼（Walter Lippmann）致函卢斯的老父亲指出，他最近在《生活》刊出的文章，追随《美国世纪》的道路，并引以为荣。舍伍德（Robert Sherwood）称许卢斯的文章是"伟大的"杰作。汤普森（Dorothy Thompson）更是认为，它是一种天籁之音，是创造新盎格鲁-撒克逊世界秩序的"历史性文献"。① 对于"美国世纪"，美国民众也给予了空前高涨的热情。正如《生活》的一位读者所言，"清教徒精神使得美国成为世界民主之尊，美国正在从事一场历史性的伟大战役……将赢得自由之战，美国将在世界舞台扮演重要角色，并确保战后世界人人享有自由"②。可以说，"美国世纪"与美国人的"上帝情结""自由信仰"以及"爱国意识"等有着密切的联系。

然而，帝国与扩张并不是所有美国人的最爱。共和党议员塔夫脱（Robert Taft）声称，《生活》不能强要世界接受美国制度。广告商巴顿（Bruce Barton）也不相信，美国即使和英国结盟后，能够担负其世界的重任。③ 社会党人托马斯

---

① Robert Herzstein, *Henry R. Luce: A Political Portrait of the Man Who Created the American Century*, New York: Macmillan, 1994, p. 180, p. 184.
② Henry Luce, "Letters to the Editor", in *Life*, 14 December 1942, p. 2.
③ Robert Herzstein, *Henry R. Luce: A Political Portrait of the Man Who Created the American Century*, New York: Macmillan, 1994, p. 182.

(Norman Thomas)严厉批评《生活》大搞"帝国主义",致使美国必须对其他民族负起责任。柯奇韦(Freda Kirchwey)则在《民族》(*The Nation*)上撰文,大肆抨击"卢斯思想":"听起来很美,不是吗?但同时也隐约让人想起什么?声音在耳边回荡,幽灵在脑海中游走。'昭昭天命'、'盎格鲁-撒克逊正义'、'白人责任'……(这种)新型帝国主义必须得到联邦贸易委员会的审查,禁令必须颁发,以免公众深受其害。"[1] 在柯奇韦看来,《生活》理想纯粹是一种"新型帝国主义",与德国纳粹的"新秩序"思想如出一辙,严重危害美国的民主政治。因此,《生活》必须得到有效的管制,以确保成为政治正确的代言人,而不是邪恶的大阴谋。

随着《生活》公信力的下降以及新闻造成的污染,特别是1960年代末国家氛围的改变,美国全面介入中南半岛战争,国内洛杉矶、底特律和华盛顿等大都市,相继因种族紧张而使得民众走上街头,爆发大动乱,且有愈演愈烈之势,《生活》号召的"美国世纪"陷入困境。1972年12月8日,时代公司宣布,美国历史上最受欢迎的杂志《生活》停止刊行。之后,《生活》虽几经挣扎,但最终难逃失败的厄运。对于《生活》

---

[1] W. A. Swanberg, *Luce and His Empire*, New York: Scribner, 1972, p. 182.

的沉沦，学界各执一词。诚然，电视的兴起，同行的竞争，广告收入的缩水，财务状况的下滑等都是造成《生活》停刊的重要原因，但多斯（Erika Doss）认为，《生活》作为图文杂志，"缺乏对图片的信仰，它所展示的图片与卢斯期待的美国相差甚远"[1]。换言之，"卢斯思想"的缺失是《生活》困顿的主因。但是，布林克利（Alan Brinkley）不这样认为，他说，在一个冲突与分化的年代，"《生活》和读者之间心照不宣的默契——杂志颂扬美国的繁荣和共识——不可能得到维持"[2]。言外之意，在价值日趋多样化的社会，卢斯企图将《生活》改造成"国家使命"杂志，其结果注定徒劳，《生活》的没落注定了帝国的命运。

从万众瞩目到门庭冷落，《生活》经历着冰火两重天。究其实质，它是美国文化帝国主义的逻辑延展，也是全球文化多元化的现实结果。在文化多元化的今天，《生活》一直运用精美的图文宣传美国生活方式，并证明其唯一的正确性，已经显得与时代、生活和世界格格不入，在其肆意文化扩张的图文表象之下，是新国际主义秩序的摇唇鼓舌和美帝国主义心结的潜

---

[1] Erika Lee Doss, *Looking at Life Magazine*, Washington: Smithsonian Institution Press, 2001, p. 18.
[2] Alan Brinkley, *The Publisher: Henry Luce and His American Century*, New York: Knopf, 2010, p. 454.

第三章 空间越界：多元文化思考

滋暗长。因此，文化帝国主义不是《生活》民主的未来，而是生活历史的悲哀，这在某种程度上印证了卢斯在《生活》创刊之初的预言："《时代》《财富》等生命力持久，它们本身拥有永恒性。而《生活》也许只会存在 20 年……每期《生活》的出版就像百老汇上演一部新戏。"①

"二战"以后，美国顺势崛起建立新帝国，成为新世界霸主。在促使美国成长为世界政治版图中主导性力量的过程中，《生活》扮演着极为重要的角色。作为"美国的一面旗帜"②，《生活》是美国输出文化帝国主义思想的主要工具，其表现为美国文化的政治与文化的经济相结合的双重话语，它以文化扩张为前提，以价值渗透为手段，在获致全球经济利益的基础上，进一步巩固美国的政治影响力与全球领导力，在潜移默化中实施和完成帝国主义侵略。它是一种与文化经济学相关的文化政治学。而作为《生活》的一部分，《巴西》是《生活》的寄寓之所，一方面，自告奋勇地为美国经济奔走呼号，主动充当美国政府的桥梁与喉舌；另一方面，大力宣扬美国民主意识

---

① Hedley Donovan, "The End of the Great Adventure", in *Time*, 18 December 1972, p. 33.
② John Loengard, *Life Photographers: What They Saw*, Boston: Little Brown, 1998, p. 20.

形态，积极宣传美国生活方式，其文本交织着民族情感与帝国信念、美学思想与帝国利益等多方面的张力与合力，体现了文学与文化、文化与经济、经济与政治之间的共谋性与联动性，再现了帝国主义视角下美国人的价值观念与文化偏见。因此，《巴西》成为《生活》的演绎与注脚。

然而，在一个经济萧条、社会骚乱、战争阴影、政治丑闻笼罩的艰难世代，"《生活》坚持向世人展示一幅因为共同的'美国梦'而团结在一起的美好画卷"[1]，这不仅不合时宜、不伦不类，而且直接将《生活》带上失望、失败之路。随着"美国世纪"的沉沦，《生活》不仅成为时代的隐喻，而且也成为帝国的缩影。《生活》不平凡的经历，使得我们深刻地认识到，"历史不会让单一国家独霸全球作为高潮，无论它有多么正当、强大和富裕。即使美国在'二战'中得胜，西方国家在冷战中告捷，所谓'历史的终结'、和平的'新世界秩序'等新预言，显然放错位置"[2]。

---

[1] Alan Brinkley, *The Publisher: Henry Luce and His American Century*, New York: Knopf, 2010, p. 239.
[2] Robert Herzstein, *Henry R. Luce: A Political Portrait of the Man Who Created the American Century*, New York: Macmillan, 1994, p. 422.

第四章

性别越界：同性欲望幻想

同性恋与写作：毕晓普的爱情诗再研究

毕晓普的爱情诗属于典型的同性恋写作，它与诗人的同性恋意识，乃至她对同性恋文化精神的构建与思考联系在一起。毕晓普对同性情欲的深度描绘，更新了传统爱情诗的审美品级，拓展了现代情感知识谱系，见诸文学写作，是其对主体心灵和生命爱欲的经验呈现，展示了西方现代同性恋在社会历史转型时期那一代人的心灵图式，其"抵抗式"写作逐渐获得一种精神性存在，即对传统异性恋霸权的反叛和对同性恋乌托邦精神的幻想。这种反叛与幻想是摆脱性别奴役，促进社会变革，进而实现爱欲解放的重要力量。

德国作家歌德说过,"同性恋和人类一样古老"①。早在古希腊时代,同性恋成为贵族的时尚,具有合法性地位。到了中世纪,由于基督教的专制与迫害,同性恋几乎销声匿迹。19世纪末20世纪初,随着科学的发展,特别是现代医学、性学等学科的进步,一个从伦理、道德、美学、人性、文化的角度重新思考同性恋的时代随之到来。20世纪60年代以后,同性恋从幕后走向前台,再次进入公共视野,成为当前备受瞩目的生活方式和审美趣味。美国现代著名女诗人毕晓普正是生活在西方现代同性恋由怀疑过渡到接受的历史转型时期,其爱情诗创作不仅成为个人精神意趣的投射,而且逐渐取得一种现代意义,即作为勾连传统的"女同性恋连续体"②,其所具备的精神特质成为同性恋文化传承与历史认知的基础,而现代情感谱系的构建实有赖于对此类文本的再审视。

2006年,随着早期作品集《埃德加·爱伦·坡与自动点

---

① Friedrich Müller, *Unterhaltungen mit Goethe*, ed. Ernst Grumach, Weimar: Böhlau, 1956, pp. 187–188.
② Adrienne Rich, "Compulsory Heterosexuality and Lesbian Existence", in Henry Abelove, et al. eds., *The Lesbian and Gay Studies Reader*, New York: Routledge, 1993, p. 239.

第四章 性别越界:同性欲望幻想

唱机》的正式出版,毕晓普的"爱情诗"研究掀起一股新的学术热潮,其中有关毕晓普诗歌的同性恋问题成为人们争论的焦点。目前,学界已对毕晓普爱情诗的性取向、情感意象、同性欲望和文学审美等诸多问题进行了深入而细致的讨论。[1] 这些研究立足诗歌文本,全面梳理了毕晓普爱情诗的生发根源、学脉理路、方法影响等诸多方面,然而几乎未见基于同性恋写作视角的探讨。据毕晓普传记所载,毕晓普一生同性恋人数多达8人,其中较为重要的有同窗好友米勒(Margaret Miller)、瓦萨校友克莱恩(Louise Crane)、巴西情人洛塔、生活秘书梅斯菲赛尔(Alice Methfessel)等。毕晓普的爱情诗写作与她的同性恋意识、同性爱欲的转化与升华,乃至她对同性恋文化精神的构建与思考紧密联系在一起,而且毕晓普在论及自己诗歌创作的成长时,亦将写作能力的获得与同性情欲的拓展联系起来。因此,有必要检视同性恋之于毕晓普爱情诗写作的意义,而不是仅仅从学术理路上探讨毕晓普爱情诗的生发与

---

[1] Margaret Dickie, *Stein, Bishop & Rich: Lyrics of Love, War & Place*, Chapel Hill: The University of North Carolina Press, 1997, pp. 82-130; Peter Nickowitz, *Rhetoric and Sexuality: the Poetry of Hart Crane, Elizabeth Bishop, and James Merrill*, New York: Palgrave Macmillan, 2006, pp. 121-145; Jonathan Ellis, "Aubade and Elegy: Elizabeth Bishop's Love Poems", in *English*, No. 229 (Summer 2011), pp. 161-179; Angus Cleghorn, "Bishop's 'Wiring Fused': 'Bone Key' and 'Pleasure Seas'", in Angus Cleghorn, et al. eds., *Elizabeth Bishop in the 21st Century: Reading the New Editions*, Charlottesville: University of Virginia Press, 2012, pp. 69-87.

形成。

(一) 新女性意识与情感谱系的拓展

19世纪下半叶，随着女子学院的兴起，美国中上层阶级的白人女性开始接受高等教育，并且在家庭以外开辟职业生涯。一些经济独立、思想解放的女性，一方面宁可选择保持未婚状态，也不愿因做家庭主妇而被迫放弃自我；另一方面又热衷与其他女性之间形成浓烈的爱情关系，甚至愿意为此献出生命。在女子学院遍布的波士顿地区涌现出一种新的社会现象"波士顿婚姻"，亦即一种存在于两位原本尚未结婚的女性之间长期的单配偶关系。她们以一种深刻而激烈的方式维系着彼此的"浪漫友谊"，她们的情感需求只有在同性那里才能得到真正意义上的理解、支持和升华。美国同性恋学者费德曼（Lillian Faderman）将她们称之为"新女性"[1]。

然而，到了20世纪20年代，随着女性解放和女权运动的结束，"新女性"之间有益且无性的婚姻与爱情遭到了广泛的质疑，这种现状的维持和随之而来的近半个世纪的异性恋控

---

[1] Lillian Faderman, *Surpassing the Love of Men: Romantic Friendship and Love between Women from the Renaissance to the Present*, *Surpassing the Love of Men: Romantic Friendship and Love between Women from the Renaissance to the Present*, New York: William Morrow, 1981, p. 178.

制，使得美国社会的性解放和自由运动几乎停滞不前。作为新时代的女性，毕晓普自幼生活在同性文化圈里，从胡桃山中学到瓦萨学院，她很少见到男性的影子，她渴望同性之间的友谊与爱情。1931年，在瓦萨的第二学年，毕晓普遇到了生命中第一位同性恋人玛格丽特，她身材修长、性格内向，不好表现，却极富幽默感与革新精神，很能领会毕晓普的俏皮与机智，成为毕晓普真正爱着的人。在日记中，毕晓普曾情意浓浓地写道："玛格丽特是纽约一道清新亮丽的风景，她的出现好比人世间最美妙的笛音。"[①] 虽然玛格丽特不是真正意义上的同性恋者，但这不妨碍毕晓普对她炽热而澎湃的爱情。与毕晓普一样，玛格丽特热爱文学和艺术，经常为《瓦萨杂闻》(*Vassar Miscellany News*) 撰写评论。每当毕晓普创作完一首诗歌，她总是最初也是最忠实的读者，并且时常能够给出创造性的见解，被毕晓普誉为"纽约现代艺术馆的老朋友"[②]。

在瓦萨学院，同性恋是被禁止的，但同学乃至师生之间隐秘的爱情甚为普遍。不过，就毕晓普而言，她选择同性恋还与她对异性恋家庭和社会的恐惧与反抗分不开。毕晓普自幼失怙，母亲在她5岁时住进精神病院，从此"家"成为她生活的"梦

[①②] Elizabeth Bishop, *Edgar Allan Poe & The Juke-Box*, New York: Farrar, Straus and Giroux, 2006, p. 259.

魔"。毕晓普说:"家庭如同'集中营'——它是人们释放虐待天性的地方。"(248)早在胡桃山中学读书时,毕晓普就曾创作爱情"喜剧诗"——《我介绍佩内洛普·格温》,表达她对"家"的理解:"这种家庭生活不是我需要的。/我发现它最终走向深度的绝望/我生而表达自我。"① 在毕晓普看来,家庭不是幸福的温床,而是痛苦的深渊。为了避免坠入生活的深渊,诗中的主人公佩内洛普拒绝了一位家庭教师的爱情:"瞥见我那可恶的追求者——/他是俊美的德国家庭教师。/但是不!我不会成为任何人的妻子。"② 碰巧的是,在爱上玛格丽特之前,毕晓普也曾拥有一位名叫西弗(Robert Seaver)的追求者,由于同性恋的原因,她断然拒绝了他。毕晓普说:"我不会和任何人结婚,永远不会。"③ 可见,毕晓普对异性恋从一开始就是抵触与抗拒的。

1934年,大学毕业后,毕晓普只身来到纽约闯荡,纽约是"同性恋创作者的天堂"④。当时社会经济萧条、人们生活

---

① Elizabeth Bishop, *Edgar Allan Poe & The Juke-Box*, New York: Farrar, Straus and Giroux, 2006, p. 3.
② Elizabeth Bishop, *Edgar Allan Poe & The Juke-Box*, New York: Farrar, Straus and Giroux, 2006, p. 4.
③ Gary Fountain and Peter Brazeau, *Remembering Elizabeth Bishop: An Oral Biography*, Amherst: University of Massachusetts Press, 1994, p. 68.
④ Dennis Cooper and Eileen Myles, "The Scene: A Conversation between Dennis Cooper and Eileen Myles", in Brandon Stosuy, ed., *Up Is Up But So Is Down: New York's Downtown Literary Scene, 1974 – 1992*, New York: New York University Press, 2006, p. 463.

第四章 性别越界：同性欲望幻想

水平倒退，许多人相信"大萧条"是一整代美国人堕落后所得到的"报应"，于是同性恋者开始受到威胁，甚至有被收容或监禁的危险。作为"新女性"，毕晓普并没有向社会屈从，而是由公开转为地下，继续自己的同性恋生涯。在瓦萨校友路易丝的帮助下，她在格林威治村住了下来。虽然路易丝不从事创作，但她有着准确的理解力、夸张的幽默感和冒险的精神，她立刻吸引了毕晓普。此后，两人开始长达近10年的亲密交往，并于1938年在基维斯特购置了爱巢。基维斯特是当时美国少有的世界性城市，其居民大多来自海外，古巴人、德国人、爱尔兰人和巴哈马人在这里汇聚，他们通情达理，喜欢新鲜事物，同性恋屡禁不止。在基维斯特，毕晓普享受着同性恋生活所带来的幸福与乐趣。

在此期间，毕晓普创作了大量的爱情诗，包括《一起醒来真美妙》《圆月，基维斯特》《墙在前行年复一年》《朦胧诗（模糊的爱情诗）》等，表现了异性恋专制下同性恋人的性叛逆和性幻想，反映了西方年轻一代同性恋人在社会历史转型时期心灵成长与发展的轨迹。这些诗歌收录在两卷本的"基维斯特手稿"中，直到近年来才完全出版，其主要原因是，其诗歌内容大量地涉及"性"与"爱"，尤其是同性恋之间的性角色、性欲望和性体验等。其中，《一起醒来真美妙》是典型的"欲望诗"。毕晓普诗歌研究专家戈登森（Lorrie Goldensohn）认为，诗作中"电线""鸟笼""暴风雨"等意象在毕晓普爱情诗中反复出现，其意义早已超越"爱的乐趣"，并且直接指向"人类连结的新方式"。[1] 在戈登森看来，这种"连结的新方式"，即同性恋的生活方式。事实上，作为同性恋诗人，毕晓普已然形成一种新的艺术观点，即要求开启新的情感天地，而不是局限于传统爱情诗的框架，其同性欲望的描写在其诗歌中比比皆是，比如"吻"的意象，"有如空气来袭，或闪电转瞬即逝，/我们的吻彼此变幻着，却来不及思索"[2]，"我吻你美丽的脸庞，/你咖啡味道的嘴唇。/昨晚我与你同眠"[3] 等。这些暧昧甚至具有挑逗性的意象，彻底打破了传统爱情诗的认知规范，更新了传统爱情诗的审美品级，拓展了现代情感知识谱系，推动了对爱情诗的重新界定。

由于语法的原因，英语爱情诗的主人公"我"和"你"很难区分性别，所以英国诗人兼批评家芬顿（James Fenton）说："大多数情况下，男子向女子倾诉的爱情诗，也可以用来

---

[1] Lorrie Goldensohn, *Elizabeth Bishop: The Biography of a Poetry*, New York: Columbia University Press, 1992, p. 29.
[2] Elizabeth Bishop, *Edgar Allan Poe & The Juke-Box*, New York: Farrar, Straus and Giroux, 2006, p. 44.
[3] Elizabeth Bishop, *Edgar Allan Poe & The Juke-Box*, New York: Farrar, Straus and Giroux, 2006, p. 158.

第四章 性别越界：同性欲望幻想

表达女子对男子，或女子对女子的爱情。"① 相比之下，毕晓普的爱情诗性身份十分明显，它不仅是诗人个人情感的自然流露，更是同性情欲的深度描绘，她的"新女性"意识，要求重新审视传统异性恋爱情，不仅拓展了曾经被遮蔽的情感经验领域，而且打破了传统价值话语的等级秩序，为现代文化特别是现代同性恋文化的构建提供了新的视野。虽然"沉默"与"内敛"一直被视为毕晓普诗歌的审美特性，但随着毕晓普"爱情诗"研究热的兴起，评论家开始重新讨论与评定其文本艺术，并将它与写作主体的爱欲经验联系起来。

（二）文本生成与爱欲转化

按照里奇的观点，"女同性恋是一种自我欲望的意识，选择自我；它也可以指两名妇女之间最原始的强烈情感，一种遭到普遍敌视、扭曲和负罪的强烈情感。……每一名被女性的活力所驱使，被强劲的妇女所吸引，追求用文学表达生命能量的妇女，都是女同性恋"②。里奇认为，女同性恋能够使女性的想象力活跃，语言表达流畅，洞悉妇女与妇女之间的深刻联

---

① James Fenton, *The New Faber Book of Love Poems*, London: Faber, 2006, p. xxvi.
② Sandra Gilbert, ed., *The Norton Anthology of Literature by Women: the Tradition in English*, New York: Norton, 1985, pp. 2024–2025.

系。作为女同性恋诗人，毕晓普的爱情诗是她个人情趣与生命爱欲的重审、转化与升华，对其进行再认识，有助于触及诗人讳莫如深的性欲取向，探测诗人与生俱来的情感界限，理解诗人独特隐秘的心灵世界。

1936年12月，毕晓普与路易丝结伴畅游佛罗里达，与北方的寒冷、孤寂相比，毕晓普的"地理迁移"顷刻间唤起她"性的觉醒"，[1] 进而帮助她完成性欲的自我发现。在1949—1951年，毕晓普创作了著名的"同性恋组诗"，包括《哦，呼吸》《对话》《雨近清晨》《每当打电话》。与之前创作的大多数爱情诗相比，这组诗更多关注同性恋人的性冲动，故与其说是爱情诗，毋宁说是激情诗。其中，《哦，呼吸》是当时毕晓普唯一得到出版的描写女性身体欲望的诗，它体现了诗人的性取向。在开篇，诗作展现了一幅完整的女性躯体的画面，"在那可爱、值得赞美的胸脯下面，/沉默、极度厌烦、脉络盲目地布置着"（79）。不过，诗人并没有完全将身体物质化，而是间或以"黑发""乳房""乳头"等意象来揭示其难以捉摸、可望而不可即的物质特性。伴随紧促的呼吸声，女体上下不停地跳

---

[1] Angus Cleghorn, "Bishop's 'Wiring Fused': 'Bone Key' and 'Pleasure Seas'", in Angus Cleghorn, et al. eds., *Elizabeth Bishop in the 21st Century: Reading the New Editions*, Charlottesville: University of Virginia Press, 2012, p. 69.

第四章 性别越界：同性欲望幻想

动着。按照毕晓普传记学者米利埃（Brett Millier）的解释，它与诗人的"哮喘疾和喘气"① 相关。因此，它暗示了诗的叙述者是女性，而且诗的写作主体和诗性身体都是同性恋。

随着冷战格局的紧张，麦卡锡时代的到来，美国社会对同性恋者的迫害日益加深，艺术家的使命感敦促毕晓普继续思考和表现同性的欲望。据施瓦茨（Llyod Schwartz）考证，诗作《雨近清晨》是《一起醒来真美妙》的续篇，其无论在主题还是意象上都具有惊人的相似性。② 不过，相较于《一起醒来真美妙》，诗作《雨近清晨》中性欲的表达含蓄、朦胧得多，诸如"不期而遇的吻""不容置疑的手"等意象，明显不及前者来得大胆、激烈。考虑到当时政治、文化的因素，毕晓普不能不，也不得不将自我蒙上一层神秘的面纱，以隐喻乃至替代的手法，来表达同性的渴望和性的满足。事实上，由于过度的放纵与自由，《一起醒来真美妙》很长时期内被束之高阁，而《哦，呼吸》能得到发表，也只因为"言论的授权，才顺利通过狭窄的甬道"③。

---

① Brett Millier, *Elizabeth Bishop: Life and the Memory of It*, Berkley: University of California Press, 1993, p. 231.
② Llyod Schwartz, "Elizabeth Bishop's 'Finished' Unpublished Poems", in Angus Cleghorn, et al. eds., *Elizabeth Bishop in the 21ˢᵗ Century: Reading the New Editions*, Charlottesville: University of Virginia Press, 2012, p. 55.
③ Marilyn May Lombardi, *The Body and the Song: Elizabeth Bishop's Poetics*, Carbondale and Edwardsville: Southern Illinois University Press, 1995, p. 33.

在白色恐怖的笼罩下，1951年11月，毕晓普前往巴西旅行，巴西是文化自由与宽容的国度。期间，她顺道拜访了之前在纽约认识的好友洛塔，并与她坠入爱河。从此，开始长达18年之久的同居生活。洛塔出身名门，爱好文学，研习建筑和艺术，与毕晓普情投意合、心有灵犀。在巴西，毕晓普度过了生命中最幸福的时光，享受着同性恋所带来的欢愉。闲暇之时，毕晓普经常在水池边为洛塔洗发。1952年，她创作《洗发》，十分动情地描述了这一幕，表达了二人感情的甜蜜与温馨。要知道，在同性恋的世界里，诸如梳头、洗发、拥抱、接吻等身体接触是典型的亲昵行为，具有性暗示的意义。1960年，毕晓普发表《雷电冰雹》，以此歌咏她和洛塔的爱情。在诗作中，冰雹的意象具有双重的修辞意义，一方面，雷电和冰雹同时骤下，冰雹在红泥中融化——冷热交互、红白相间——巧妙地承接了文艺复兴时期情诗创作的矛盾修辞传统；另一方面，又将冰雹比作外交官夫人喜爱穿戴的珍珠，当冰雹像珍珠般"死人白"的色泽与"大斋树"（The Lent trees）浪漫凄美的紫红落英并呈时，委婉地表达了诗人的同性恋情，虽然不见容于美国社会，但在巴西粲然盛放。

1960年代，随着美国民权运动和同性恋平权运动的发展与壮大，特别是1969年6月的"石墙暴动"，同性恋开始得到

第四章 性别越界：同性欲望幻想

社会的认可和接受。1970年，毕晓普应哈佛大学邀请，出任该校现代诗歌课程讲座教授，并与"柯克兰公寓"（Kirkland House）的管理员艾丽斯相爱，其时芳龄26岁的她成为毕晓普晚年的生活伴侣。1975年，艾丽斯有意求去，毕晓普一时情伤，抚今追昔，谱写《一种艺术》一诗，聊以自慰。这首诗描写了诗人如何被生活所诱惑，最后又被无情地抛弃，重回原先孤立的状态。诗尾的"你"，虽指的是艾丽斯，但也包括洛塔、克莱恩、玛格丽特等令她念念不忘的昔日情人。面对日渐失落的人和事，毕晓普只能将"身临的危机提炼为存之久远的艺术"，并体认到"失落是人一辈子不断学习直面的功课"。[1] 因此，它呈现的不只是诗人失落频仍的个人生命史，更是人性所共通的痴癫与欲求。

从性的觉醒到同性的渴望，从情感的欢愉到爱欲的转化，毕晓普的爱情体认可谓是情与欲、灵与肉的交互，经由身体层面上升为抽象境界，由爱欲之维构建出另一类生命的存在，即作为同性恋之主体的现象化，它是一种古老而又崭新的生命体验形式。正是这种生命的律动与艺术张力的结合促生了毕晓普

---

[1] Brett Millier, "Elusive Mastery: The Drafts of Elizabeth Bishop's One Art", in Marilyn May Lombardi, ed., *Elizabeth Bishop: The Geography of Gender*, Charlottesville: University Press of Virginia, 1993, p. 243.

的爱情诗，它不仅成为诗人个人心智生活的最高体现，而且成为她理解她人、稳定自我的理想平台，其文本艺术逐渐获得一种新的精神意义。如果说，传统爱情诗是传统文人体认爱情的方式，而别具一种超越性的"唯美精神"的话，那么，毕晓普的爱情诗则是现代文人从情感的节律与诗性的形式中获得一种有别于"唯美精神"的"反叛精神"的理解，它是同性恋生命形式的独特创造，与创作者的爱欲经验密不可分。然而，作为一种新的精神形式，它需要文化的孕育与涵泳，并深具历史性。具体到写作中，就是毕晓普对她赖以生存的社会的"抵抗式"精神刻绘与历史诗写。

（三）写作笔法的培育与精神视域的构建

1933年1月，新创办不久的文学杂志《美国观察者》（*The American Spectator*，以下简称《观察者》）发表社论，公开谴责史密斯学院和瓦萨学院的"女学生"妄想成为"与男性完全等同的"女性，嘲讽她们的老师为"干瘪的老处女"，感叹"女子气质"正在受教育的女性当中丧失殆尽。[1] 他们的理论基础是，德国精神病学家埃宾（Richard von Krafft-

---

[1] Theodore Dreiser, et al. eds., "Editorial", in *The American Spectator*, No. 1 (January 1933), p. 1.

第四章　性别越界：同性欲望幻想

Ebing）1886 年出版的《性病态心理学》（*Psychopathia Sexualis*）一书关于性"反常"的学说：同性恋者有着一种"反常的先天外在表现"的感受，且这种性生活怪异的外在表现的基本特色是，"想要得到与自己相反性别的性感"。[1] 总之，在《观察者》看来，这种"男子气质的女同性恋"是社会紊乱和性别异常的表征，而女子学院不仅成为同性恋的温床，更是病态与堕落的代名词。

面对《观察者》的肆意侮辱与恶意毁谤，1933 年 2 月，毕晓普与瓦萨校友麦卡锡（Mary McCarthy）、克拉克（Eleanor Clark）、鲁凯泽（Muriel Rukeyser）等 7 人共同组织发起文学杂志《通灵者》（*Con Spirito*）予以回击。她们不仅驳斥了《观察者》的生物决定论，而且捣毁了男女性别的人为界限，制造了"性别的麻烦"，亦即"支撑男性霸权与异性恋常规的自然化和具体化的性别概念"[2]。与此同时，《通灵者》还对学院官方杂志《瓦萨评论》（*Vassar Review*）发起冲击。毕晓普

---

[1] John C. Fout, "Sexual Politics in Wilhelmine Germany: The Male Gender Crisis, Moral Purity, and Homophobia", in John C. Fout, ed., *Forbidden History: The State, Society, and the Regulation of Sexuality in Modern Europe*, Chicago: University of Chicago Press, 1992, pp. 274-275.

[2] Judith Butler, *Gender Trouble: Feminism and the Subversion of Identity*, New York: Routledge, 1990, pp. 33-34.

认为,《瓦萨评论》太过"沉闷、守旧"①,而《通灵者》的意图在于"撼动学院和埋葬传统杂志"②。"通灵者"一词,源自音乐术语,强调灵感和即兴创作,而《通灵者》杂志则具有"新颖性""实验性"和"先锋性",它不仅给《瓦萨评论》吹来一阵清新之风,也为《观察者》扫去一股污浊之气。按照厄基拉(Betsy Erkkila)的理解,《通灵者》是女性集体合作的"典范",它成功地参与了与其他女性针对文学领地的"竞争",且这种竞争不仅为女性文学史的解读提供了多样性,而且形成了关于女性之间差异的表述。③ 毋庸置疑,《通灵者》的创作者们携手缔造了一个完全的女性"互助组"④,有效地抵制了以男性话语为中心的文学传统,拒绝了强制性异性恋的话语体系,其"抵抗式"写作对学院尤其是女子学院的创作产生了巨大的影响。

在写给斯坦福(Donald Stanford)的信中,毕晓普说:"虽然《通灵者》在某些方面存在不足,但它对她的创作影响

---

① Ashley Brown, "An Interview with Elizabeth Bishop", in George Monteiro, ed., *Conversations with Elizabeth Bishop*, Jackson: University Press of Mississippi, 1996, p. 21.
② Elizabeth Bishop, *One Art: Letters*, New York: Farrar, Straus and Giroux, 1994, p. 13.
③ Betsy Erkkila, *The Wicked Sisters: Women Poets, Literary History & Discord*, New York: Oxford University Press, 1992, p. 100.
④ Elizabeth Bishop, *Prose*, New York: Farrar, Straus and Giroux, 2011, p. 259.

第四章 性别越界：同性欲望幻想

甚巨。"① 鉴于文化的巨变和时代的变迁，毕晓普的"抵抗式"写作或明或暗、时隐时现，其主要策略表现为倒错、扭曲、反讽、含混、隐喻等。其中，"倒错"是毕晓普惯用的写作方法，它体现在《人蛾》《爱情躺卧入眠》《失眠》《交换帽子》等诗作里。1951年，毕晓普创作爱情诗《失眠》，借主人公之口表达她对同性恋的渴望与幻想。或许，只有在失眠的夜晚，墙上的"照衣镜"和月亮照射的"水井"才让爱情成为可能；或许，只有"小心翼翼地裹进蜘蛛网/掉到井底/进入那个倒错的世界"（70），爱情才会来到。这里，"倒错"具有深层的文化意蕴。在毕晓普生活的年代，"倒错"已是同性恋的代言，但她对此毫无畏惧，大胆地将其写进诗歌，足见她强烈的反叛意识。正是由于运用了"倒错"的研习体认，毕晓普的诗歌获具一种对传统异性恋爱情的强大的"抵抗"能力。这种能力不仅是一种写作笔法，更是一种精神观视能力。

正当《通灵者》声名鹊起之时，1933年5月，艾略特来到瓦萨学院出席诗剧《力士斯威尼》（*Sweeney Agonistes*）的首演式，受到大家的热捧。毕晓普作为记者采访了他，并送上一本《通灵者》，得到了他的称许。要知道，20世纪30年代，

---

① Elizabeth Bishop, *One Art: Letters*, New York: Farrar, Straus and Giroux, 1994, p. 13.

艾略特、奥登、斯蒂文斯等现代诗人如日中天,他们的诗歌创作成为毕晓普与《通灵者》作者们学习的榜样。不过,就毕晓普而言,斯蒂文斯的影响更大。据毕晓普回忆,斯蒂文斯的诗集《风琴》(*Harmonium*)是她最喜爱的作品,其华丽的辞藻、巧妙的比喻使得她认识到诗歌修辞的力量,而斯蒂文斯早期的"纯粹诗",由于对现实的想象性介入,帮助她感受到超越的魅力。正如米利埃所言,毕晓普"向往绚丽、热衷想象、偏爱艺术的含混和抽象,其部分源自斯蒂文斯"[1]。可以说,毕晓普的"抵抗式"写作,特别是含混与隐喻的写作方法,深受斯蒂文斯的启发。

在毕晓普的爱情诗中,同性恋的隐喻比比皆是。从早年的《人蛾》到晚年的《克鲁索在英格兰》,毕晓普的同性空间想象,诸如寄宿的学校、封闭的监狱、巨大的鸟笼、孤独的岛屿等,已然成为同性恋话语的重要密码。1972年,毕晓普发表长诗《克鲁索在英格兰》,被誉为"性别越界与性欲结合的诗学典范"[2]。有感于笛福笔下克鲁索身陷孤岛的处境,毕晓普

---

[1] Brett Millier, *Elizabeth Bishop: Life and the Memory of It*, Berkeley: University of California Press, 1993, p. 51.
[2] Joanne Diehl, "Bishop's Sexual Poetics", in Marilyn May Lombardi, ed., *Elizabeth Bishop: The Geography of Gender*, Charlottesville: University Press of Virginia, 1993, p. 20.

第四章 性别越界：同性欲望幻想

决定剔除小说原著中的基督教训诲，依据自己的经验感受重写他的孤岛体验。在诗作中，毕晓普为克鲁索和星期五的奇遇故事增添了新的元素，并将克鲁索对星期五的爱情予以合法化。正如诗中所写，"I wanted to propagate my kind"（165）。戈登森认为，毕晓普是想"繁衍自己的后代"，因为她在书信中多次表达过这一愿望。① 不过，考虑到上下文，毕晓普留恋的是星期五的身体，"多美的景象；他有一具俊美的身躯"（166），故它还可以理解为她想"宣扬自己的同类"。在此，毕晓普通过一种含混或者说双关的艺术手法，隐秘地再现了克鲁索与星期五之间复杂、模糊而又充满欲望的情感关系。正是在大力宣扬同类情感的前提下，想象的孤岛透过历史的逆写和艺术的绘制成为欲望的地图，彻底实现了同性恋精神视域的构建。

与大多数具有独创性的诗人一样，毕晓普正是通过对诗歌传统的多方学习和当下语境的多位思考，借由对"爱情"的一种历史性理解，突破从思想观念到形式表达的难关，发展出兼具艺术美感和历史意蕴的文本形式。毕晓普的"抵抗式"写作，不仅能够用"倒错"的方法描绘基于生命内部体验所造就

---

① Lorrie Goldensohn, *Elizabeth Bishop: The Biography of a Poetry*, Charlottesville: University Press of Virginia, 1993, pp. 68-69.

的心理图景，还能够对外部社会型构和文化景片予以诗意的反讽和历史的隐喻，进而确立一种新的历史批判维度。这种批判维度是以个体的性取向为基础，以同性的爱欲经验作为自我的本源，并以此建立现代同性恋认同，它不仅消解了男性主义话语，而且突破了异性恋专制主义樊笼，还重塑了同性恋主义文化精神，一种对女性"互助组"的支持；一种对"女性共同体"的期待；一种对女性乌托邦的幻想。

在20世纪20至70年代，即美国社会"全体向左转"的年代，毕晓普"拒绝出柜"是不争的事实，也是可以理解的。然而，毕晓普的爱情诗并没有因此遮蔽个人细微隐秘的"同性欲望"，而是从个体层面向历史层面的经验展开，始终坚持对现代同性恋意识的探索与深化，以此形成有别于传统爱情诗的心灵图景。毕晓普关于爱情诗的理解，不仅拓宽了传统爱情诗的经验范围与精神内核，而且建构了新的历史认知与文化想象，展示了同性恋在西方现代社会历史转型时期那一代人的心灵图式。正是在历史性的展开与多重经验的汲取中，毕晓普的同性恋写作以"抵抗式"笔法细致地呈现了另一类生命的体验，一种将同性爱欲、历史拷问与伦理关切相结合的思考，并逐渐获得一种精神性存在，一种对同性恋乌托邦精神的幻想。

第四章　性别越界：同性欲望幻想

这种幻想不只是从伦理道德上反叛传统异性恋爱情，更重要的是从性政治意识形态上重新审视现代同性恋认同，激发行动力量，摆脱性别奴役，促进社会变革，进而实现生命爱欲的彻底解放，其所具备的精神特质不仅成为 20 世纪早期"同性恋共同体"[①]精神的延续，也是后期乃至当前同性恋解放运动的基础，因而具有历史的连续性和思想的一致性。毕晓普的诗歌，也因此成为继菲尔德、卡斯坦斯、洛厄尔、杜利特尔和布赖尔之后又一座同性恋文学的高峰，其另类的诗作真切地告诉我们，"被视为另类是什么感觉，而所谓的另类，简而言之，就是我们自己的一部分"[②]。

[①] Gabriele Griffith, *Heavenly Love？Lesbian Images in Twentieth Century Women's Writing*, Manchester: Manchester University Press, 1993, p. 11.
[②] Eric Marcus, *Making Gay History: The Half-Century Fight for Lesbian and Gay Equal Rights*, New York: HaperCollins Publishers Inc., 2002, p. 1.

第五章

文本越界：古今文学比较

一、毕晓普与霍普金斯

霍普金斯是毕晓普所崇拜的诗人，毕晓普的诗歌创作深受霍普金斯的影响。本书从诗文本、诗学观念和宗教思想三个维度探讨这种影响，旨在揭示毕晓普对霍普金斯的诗歌与创作做出有意义回应的种种可能与表现，进一步认识诗人与时代、传统和人生的关系与意义。正是由于生活境遇的相似和精神气质的相通，使得这两位作家在心灵方面更加契合。

1966年，在接受布朗采访时，毕晓普回忆起她13岁那年

第五章 文本越界：古今文学比较

初次接触霍普金斯诗歌的情景："这是一次难得的人生体验。在一个夏令营活动中，一位颇具才华的朋友送给我一本《新诗选》，我清楚地记得，编者蒙罗（Harriet Monroe）多处征引霍普金斯的诗歌，其中包括《上帝的荣光》，于是我暗下决心，'一定要找到他的所有作品'。"① 随后，毕晓普补充道："虽然我不信仰宗教，但阅读霍普金斯与赫伯特，我同样获得快乐"，与斯蒂文斯和克莱恩相比，"我从霍普金斯和玄学派诗人那里受益更多"②。正如霍普金斯推崇赫伯特，毕晓普也极力推崇霍普金斯，他的诗文创作和生活态度构成了毕晓普诗歌与人生的重要组成部分，代表着时代的体验深度和精神高度。然而，毕晓普也清醒地意识到，与赫伯特一样，霍普金斯是一位虔诚的基督徒，其诗歌的终极理想在于追求现实存在与精神超越的完美结合，进而实现人与上帝的交流。不过，作为不信教的毕晓普为何偏偏对宗教诗人霍普金斯情有独钟，这时常让读者们犯难，似乎两者之间不太可能具备一致性。那么，毕晓普又是如何汲取霍普金斯诗歌的创作灵感？他们的诗歌趣味和审美追

---

① Ashley Brown, "An Interview with Elizabeth Bishop", in George Monteiro, ed., *Conversations with Elizabeth Bishop*, Jackson: University Press of Mississippi, 1996, p. 21.

② Ashley Brown, "An Interview with Elizabeth Bishop", in George Monteiro, ed., *Conversations with Elizabeth Bishop*, Jackson: University Press of Mississippi, 1996, p. 23.

求果真如此泾渭分明吗？他们之间存在更多的共性吗？

（一）引用与化用

早在童年时代，毕晓普开始读诗写诗，她经常阅读朗费罗、布朗宁、丁尼生等人的诗作。1927年就读胡桃山中学时，毕晓普着手细读霍普金斯的诗歌，并仿写了不少诗作，尽管留存下来的寥寥无几。1930—1934年在瓦萨学院求学期间，毕晓普发表过有关霍普金斯诗歌的研究性论文。在以后近半个世纪的岁月里，霍普金斯的诗歌一直陪伴着毕晓普，成为她的思想伴侣和生活指南，其诸多名言警句、诗歌意象、经典情境更是被后者反复引用和化用，这使得其诗歌在思想性和艺术性上皆有可观之处。

毕晓普的创作频频用典，尤为喜欢征引霍普金斯的经典名句并将其置于作品的关键位置，进而与传统形成对话与互动。在献给好友杜威（Jane Dewey）的诗作《寒冷的春天》中，毕晓普直接引用霍普金斯《春天》的名句"春天之美，无物可比"作为题记，并与之构成潜文本。具有反讽意味的是，霍普金斯的"春天"，被誉为"伊甸园之初大地的一缕精华"，大地复苏，万物萌生，世间一片生机，而毕晓普的"春天"则春寒料峭，春日苦短，"紫罗兰花开又破裂"，一切来去匆匆，转瞬即逝。但可以想象，美丽的大自然能够赋予诗人无限的憧憬与遐想。如果说霍普金斯用赞美春天的景致来歌颂"上帝的荣光"，那么，毕晓普则"选择万物的枯荣来感受自然的变迁"①。饶有趣味的是，毕晓普还将自己第二部诗集命名为《寒冷的春天》，按照特拉维萨诺的理解，"这部诗集体现了基督教的信仰，其部分诗歌在精神上更接近宗教诗人霍普金斯与赫伯特"②。尽管他的论述还有待深入，但不可否认，毕晓普的征引确实意蕴深刻，发人深省。同样，毕晓普的论文《时间的星座》，其标题直接摘引自霍普金斯十四行诗《星座》中的名句："时间的星座悬挂在粗糙的岩石上。"不过，毕晓普笔下的"星座"没有任何神话的色彩，它是时空的交织与渗透，在一定条件下相互转化。在未正式出版的《回忆录》中，毕晓普则以霍普金斯诗作《两个年轻人的画像》中的诗句"堕落是世界的原初灾难"作为题记，暗示两位诗人跨越时空的对接与对话，说明一切痛苦的来源——精神的普遍堕落。

毕晓普不仅引用霍普金斯的名言警句，而且化用霍普金斯的视觉意象。毕晓普从小生活在"在水边"，其诗歌几乎多与

---

① Bonnie Costello, *Elizabeth Bishop: Questions of Mastery*, Cambridge: Harvard University Press, 1991, p. 70.
② Thomas Travisano, *Elizabeth Bishop: Her Artistic Development*, Charlottesville: University Press of Virginia, 1988, p. 102.

海水有关，而霍普金斯对大海有着独特的情愫，海水催发他创作的灵感。因此，"海水"成为他们共同的创作意象。1868年8月1日，霍普金斯在友人邦德（Edward Bond）的陪同下，游历了纽黑文和迪耶普一带海滩，并在日记中写道："海面平静，微波荡漾，如同网状或链状向前缓缓推进，兴起的浪花像鱼儿跃起的后背。微波过后，海面又恢复了往日的平静与平滑。"① 与之相应，毕晓普在晚年创作的诗歌《三月之末》中，描写了达克斯伯里的海滩："海水退去、大海缩小，/海鸟零星。/喧闹、冰冷的风从岸上吹来……/也吹回低沉的、无声的浪花/在铁灰色的水雾中垂直升起。"（179）虽然毕晓普的意象呈现在诗歌，而霍普金斯的图象记录在散文，但他们有关大海起伏的浪花的描绘具有惊人的一致性，他们分享着一种共同的生活情趣和审美态度。毕晓普诗歌的另一核心意象是"泪水"。如《佛罗里达》中沿岸的海龟，是"约伯的泪珠"。《公鸡》中"彼得的泪水"，它"滚落到我们公鸡的近旁/给他的脚爪镶上宝石"。《有色人种之歌》中的"泪水"成为泪珠、种子后，又变成黑色的脸，"像一场梦。/它们太真实以至不像梦"。这些图景自然让人联想起霍普金斯笔下的"泪水"：如

---

① Gerard Manley Hopkins, *Gerard Manley Hopkins*, ed. Catherine Phillips, New York: Oxford University Press, 1986, p. 197.

《春和秋》中"你将哭泣,然后明白其中道理",《德意志号的沉没》中"啊,泪水!不是吗?如此溶解是欢乐的开始",是"永不衰老的喜悦,永远年轻的河"。诚然,毕晓普的"泪水"源自童年的不幸,而霍普金斯的出自信教前后的抉择,但在两人看来,作为内心痛楚的表征,"泪水"无疑是重生的希望所在和力量所在。

除了诗句和意象的引用与化用外,毕晓普还仿写霍普金斯的诗歌。不过,所剩者无几,而1935年创作的《惩戒》是仅存的仿作。卡尔斯通曾明确指出,"这是一篇有关泪水的十四行诗,它模仿霍普金斯"[①]。从形式上看,《惩戒》确实是一首十四行诗。正如霍普金斯"可怕的十四行诗",包括《上帝的荣光》《在埃尔维山谷》等,毕晓普没有拘泥于传统十四行诗的音步、节奏和韵律模式,而是选择性模仿霍普金斯惯用的"头韵""元音韵""内韵"等诗歌技巧,收到了意想不到的效果,比如诗中"Where wept water's gone","tears, taster"以及"curious, cracked and chapped"可以说是霍普金斯"Tatter-tassel-tangled and dingle-a-dangled"的变奏。从内容上看,"泪水"贯穿全篇。1934年5月2日,毕晓普的母

---

① David Kalstone, *Becoming a Poet: Elizabeth Bishop with Marianne Moore and Robert Lowell*, New York: Farrar, Straus and Giroux, 1989, p. 40.

亲病逝，她的内心处于巨大的悲痛之中，而霍普金斯反映"痛苦自我"的诗歌，比如《我的心让我更加痛苦》《德意志号的沉没》等，由于其艺术的感染力和情感的控制力，成为她"制止情感爆炸"的精神寄托。正如马丁（Robert Martin）所说，"这些令人称奇的十四行诗表达了诗人深沉的忧虑"，亦即"死亡是受人欢迎的虚无而绝非永恒的救赎"[1]，而毕晓普对此深信不疑，所以她选择了自我"惩戒"。当然，毕晓普的诗歌不是学徒式模仿，它也不具备霍普金斯诗歌惊人的特质，但他们的创作意图是相通的。

有学者指出，毕晓普的第一部诗集《北与南》大量引用和介入前辈诗人和作品。[2] 事实上，毕晓普的大部分诗歌都参与前辈诗人包括赫伯特、克拉肖、斯蒂文斯、莫尔等的对话并与之形成互文本，但毕晓普诗歌的征引，不是为了建立一般意义上的互文关系，而是为了设立一个思想或价值的参照系，并融入自我的情感与当代的精神，在回应诗歌传统的基础上努力为自己的时代发出声音。从这个意义上说，毕晓普不是普通的诗

---

[1] Robert Martin, *Gerard Manley Hopkins: A Very Private Life*, New York: Putnam's, 1991, p. 382.
[2] Bonnie Costello, "Bishop and the Poetic Tradition", in Angus Cleghorn and Jonathan Ellis, eds., *The Cambridge Companion to Elizabeth Bishop*, New York: Cambridge University Press, 2014, p. 80.

人，而是"诗人的诗人"①。

(二) 对称与对话

1934年，毕晓普在《瓦萨评论》上发表论文《霍普金斯：诗歌中的时间笔记》（以下简称《笔记》），标志着诗人探索诗歌理论的开端。作为霍普金斯诗歌研究的精品，毕晓普的《笔记》从时间的角度揭示了"不同诗人的差别所在；为何使用相同的韵律和近似的词语，诗歌的创作效果竟会如此不同；为什么有些诗看起来静止而其他诗歌则是运动的"②。尽管《笔记》写作于求学年代，但它对毕晓普日后的诗歌创作产生了深远影响。正如米利埃所说："这篇论文大段引入1918年布里奇斯（Robert Bridges）结集出版的霍普金斯诗集《作者序言》，显而易见，毕晓普汲取了霍普金斯的诗学观念和创作哲学。"③

在西方，诗歌中的时间问题一直备受关注。毕晓普的《笔记》阐明了诗歌与时间的关系，指出诗人之间的差别在于时间的处理。"时间"，毕晓普写道，常常牵涉"组合"，亦即"时

---

① John Ashbery, "Second Presentation to the Jury", in *World Literature Today*, Vol. 51, No. 1 (Winter 1977), p. 8.
② Elizabeth Bishop, *Prose*, New York: Farrar, Straus and Giroux, 2011, p. 468.
③ Brett Millier, *Elizabeth Bishop: Life and the Memory of It*, Berkeley: University of California Press, 1993, p. 52.

间的正确摆渡,动作的瞬间组合构成时间全体。因此,每一动作的时间取决于时间的全体以及动作先后承续的时间……时间的系列构成节奏,节奏重复时间的系列,确立的节奏也可能变化"①。毕晓普认为,时间由一系列的瞬间组成,不同瞬间的组合形成节奏,节奏是时间的载体。霍普金斯的诗歌节奏新颖、独特,其诗歌音节和单词在韵律和意义之间来回自由摆动,堪称"时间的完美组合"。在论文《时间的星座》中,毕晓普也表达了类似的观点。更为重要的是,霍普金斯的时间观念还启发了毕晓普对时空关系的思考。在一个秋天的午后,正潜心学习的毕晓普偶然间观察到窗外鸟群壮观的迁徙景象,她惊讶地发现:"鸟群的飞行,建立了一种时间的模型,确切地说是不同的时间模型,它们彼此联系却略有差异,这一切形成迁徙。……每一只鸟都有自己的飞行速率,不同于其他鸟和鸟群的前进速度,以及它们划破长空后留下的神秘图案,最终归为虚无和静止。"② 此处,诗人由"自然界的秩序与失序,运动与静止的关系"③ 联想到时间与空间的交互与转换,阐释了时间的相对性与不确定性,并通过时间的空间化,获得了对自

---

① Elizabeth Bishop, *Prose*, New York: Farrar, Straus and Giroux, 2011, p. 468.
② Elizabeth Bishop, *Prose*, New York: Farrar, Straus and Giroux, 2011, p. 467.
③ Lorrie Goldensohn, *Elizabeth Bishop: The Biography of a Poetry*, New York: Columbia University Press, 1992, p. 85.

然、生活和艺术的自由掌控。

在分析霍普金斯诗歌的时间艺术时,毕晓普还将它与17世纪巴洛克散文进行嫁接,并指出霍普金斯的诗歌再现了事物的感知过程,"戏剧化地展示了行进中的思想而不是静止的思想"[①],使得诗作呈现出动态化。鉴于霍普金斯对巴洛克艺术的顶礼膜拜,毕晓普的论述基于但不限于克罗尔《巴洛克散文风格》一文中的观点,"他们选择头脑中思想物质化的瞬间作为表达顷刻,亦即真理被想象的瞬间,其思想的每一部分仍旧保留着自身独特的内容和独立的能量"[②]。毕晓普认为,与巴洛克作家的布道文相比,霍普金斯的诗歌呈现了思维流动的过程,它是物质与思想的交汇,是时间与空间的交合,体现了一种"诗学心理学"[③]。对此,毕晓普还以《德意志号的沉没》第28诗节中"但是我该怎样……给我点余地吧:/给我点……幻想,快来吧——"为例进行阐释,指出作品中诗人走出文本向自我喊话,动词时态由一般过去时转为一般现在时,使得诗作显现出时间的动态艺术。用毕晓普的话说,"时态的转换能够产生深度、空间、前景和背

[①③] Ashley Brown, "An Interview with Elizabeth Bishop", in George Monteiro, ed., *Conversations with Elizabeth Bishop*, Jackson: University Press of Mississippi, 1996, p. 26.

[②] Elizabeth Bishop, *Prose*, New York: Farrar, Straus and Giroux, 2011, p. 473.

景的效果"①。

除了时态的变化外，霍普金斯的诗歌运用得最多的是"弹性节奏"（sprung rhythm）。与按传统音步来计算诗行节奏不同，"弹性节奏"按照语句重音来计算节奏，其音步呈现出两个明显特征：一是重音总是在音步的开头；二是弱读音节可多可少甚至可有可无。至于重音具体落在哪个音节上，完全取决于诗人所强调的意思和作品的逻辑要求。毕晓普认为，诗作《茶隼》的末尾部分"Shine, and blue-bleak embers, ah my dear, / Fall, gall themselves, and gash gold-vermillion"就使用了弹性节奏，其重读音节和弱读音节相互交织，诗行中的各种力量彼此碰撞，诗的动态效果得到明显加强。事实上，《笼中的云雀》《五月颂歌》《上帝的荣光》以及长诗《德意志号的沉没》等都是用弹性节奏写成的。毕晓普说，霍普金斯的这些诗歌"如同从书页上扑面而来的暴风骤雨"，而每一诗节"充满和燃烧着流淌的情感，如同凡·高画下的林原雪松"。此外，霍普金斯还运用"逆转音步"（enjambing feet）、"转接韵诗"（rove-over）乃至跨行现象（run-on lines）等艺术技巧来凸显

[①] Ashley Brown, "An Interview with Elizabeth Bishop", in George Monteiro, ed., *Conversations with Elizabeth Bishop*, Jackson: University Press of Mississippi, 1996, p. 26.

诗的动态化，而这一切毕晓普都称之为"诗歌的运动"①。

毕晓普在《笔记》中写道："一切诗歌离不开强烈的情感。"② 诗歌既是表达情感的工具，又是宣泄情感的途径，而拥有充沛情感的诗歌能够给人带来精神的慰藉。1868年，霍普金斯加入耶稣会后本就放弃了写诗，然而1875年冬的一艘"德意志号"轮船在泰晤士河口沉没，让他重新提笔，并写下了《德意志号的沉没》这一不朽诗篇。正如该诗的题记中所写，"为愉快地怀念被福克法（Falk Laws）流放并于1875年12月7日半夜至凌晨遇难的五位方济会修女而作"，霍普金斯的大多数诗歌都是有感而发或不得不发，诸如《德意志号的沉没》《欧律狄刻的迷失》《春和秋》等更是诗人痛苦情感的凝结和沉痛经验的升华。③ 霍普金斯诗歌中所反映出来的诗人皈依宗教前后的思想斗争，正好与毕晓普年少时期所经历的迷茫与挣扎不期而合。每当阅读这些诗歌，毕晓普总能聆听到霍普金斯正向她诉说自己内心渴望言说的哀愁，而这些诗歌犹如她灵魂深处苦苦寻觅的知音，也总能让她在忧郁中迸发热情，在哀

---

① Ashley Brown, "An Interview with Elizabeth Bishop", in George Monteiro, ed., *Conversations with Elizabeth Bishop*, Jackson: University Press of Mississippi, 1996, p. 26.
② Elizabeth Bishop, *Prose*, New York: Farrar, Straus and Giroux, 2011, p. 471.
③ Robert Martin, *Gerard Manley Hopkins: A Very Private Life*, New York: Putnam's, 1991, p. 105.

婉中燃烧起生命的火焰，在痛苦中爆发出生存的力量。正是这种深层的情感联系，让毕晓普深深地喜欢上了霍普金斯。

尽管毕晓普后来也对《瓦萨评论》上的论文有不同意见，但她从未偏离当初确立的创作理念。与莫尔的"有韵诗"和同时代诗人的"自由诗"相比，晚年的毕晓普更愿意将自己的诗歌看作"类似的无韵诗"，而这无不是受到霍普金斯诗学观念的影响，或往更远一点说，他们共同受到17世纪作家偏爱节奏的影响。正如卡尔斯通所言，霍普金斯诗歌"整齐的头韵和扭曲的句法"[1] 给予毕晓普以深刻的启发。然而，对毕晓普而言，"一种崭新节奏的自由与变化"[2] 固然重要，真实而又强烈的情感能够在自由的韵律和变化的语词能量的爆发中得到实现才是首要，这或许解释了毕晓普所说的"从霍普金斯和玄学派诗人那里受益更多"的缘故。

（三）悖论与统一

1964年，在毕晓普给斯蒂文森的信中，写道："我从未正式加入教会，我也不是一个教徒。我不喜欢信徒从教时的说教

---

[1] David Kalstone, *Becoming a Poet: Elizabeth Bishop with Marianne Moore and Robert Lowell*, New York: Farrar, Straus and Giroux, 1989, p. 39.

[2] David Kalstone, *Becoming a Poet: Elizabeth Bishop with Marianne Moore and Robert Lowell*, New York: Farrar, Straus and Giroux, 1989, p. 38.

第五章 文本越界：古今文学比较

主义，更不用说那居高临下的姿态。通常，他们看上去或多或少有点像法西斯主义。但我对宗教是有兴趣的。我喜欢阅读宗教作家，特别是特雷莎、克尔凯郭尔、微依等人的著作。"[①] 很明显，毕晓普不喜欢宗教信徒的道德说教，更不喜欢宗教体系中不允许有任何理性思考的强制性制度。这与其说是批判宗教，毋宁说是批判宗教行为。当然，毕晓普喜欢的宗教作家还包括霍普金斯，她曾将自己珍藏的霍普金斯信函复印件转借给莫尔就是有力的佐证。虽然毕晓普不信教，其所受的宗教影响也不及霍普金斯深远，但两者从小濡染宗教文化，具有相近的宗教教养和成长背景，这让他们又走到了一起。

不过，作为一个虔诚的教士，霍普金斯的宗教信仰并非一成不变，它经历了从迷茫到坚定的过程。成年后，在主教纽曼（Paul Newman）的引导下，霍普金斯正式加入耶稣会，天主教"圣礼主义"神学观念开始深入肺腑。"圣礼主义"认为，自然和人类时刻参与和分享基督的身体存在，如同圣礼仪式上分享圣餐的酒和饼是分享基督的肉身存在一样，"道成肉身"不是一个完成了而是时刻进行着的事件。对此，霍普金斯在诗中写道："基督活跃在无数地方，世间万物以他们的生命映照

[①] Cheryl Walker, *God and Elizabeth Bishop: Meditations on Religion and Poetry*, New York: Palgrave Macmillan, 2005, p. 19.

基督的存在"①,"世界充满了上帝的光辉;/它光焰四射,宛如摇曳着的银箔闪闪发光"②。与此同时,上帝和上帝的恩典也时刻并存和显现于物质的万事万物之中,"万物都充满神的恩典,仿佛一触碰,就能冒出火星,燃出火焰"③。所以,事物的存在,既是物质的也是精神的,既是内在的又是超验的。霍普金斯坚信,整个自然就是一个宏大的圣礼仪式,它时刻分享着一个终极的造物神。正是在"圣礼主义"思想指导下,霍普金斯及其诗歌从创造物出发,去发现造物神的"荣光",由赞美世俗事物上升至赞美上帝的高度,在世俗事物和上帝之间建立起桥梁。

相比之下,毕晓普的宗教信仰不甚明了。1955年,在写给洛威尔的信中,毕晓普宣称:"面对任何事物,我是一个纯粹的不可知论者,观望的态度是我自然的立场——虽然我不希望是这样。"④ 在毕晓普看来,世界上根本就没有绝对真理,

---

① Gerard Manley Hopkins, *Gerard Manley Hopkins*, ed. Catherine Phillips, New York: Oxford University Press, 1986, p. 129.
② Gerard Manley Hopkins, *Gerard Manley Hopkins*, ed. Catherine Phillips, New York: Oxford University Press, 1986, p. 128.
③ Gerard Manley Hopkins, *The Sermons and Devotional Writings of Gerard Manley Hopkins*, ed. Christopher Devlin, London: Oxford University Press, 1959, p. 195.
④ Elizabeth Bishop and Robert Lowell, *Words in Air: The Complete Correspondence between Elizabeth Bishop and Robert Lowell*, New York: Farrar, Straus and Giroux, 2008, p. 161.

第五章 文本越界:古今文学比较

所有真理都是有条件的,"一切视情况而定"①。尽管毕晓普对此论述有过后悔,但她对未知世界的确定立场蕴含了少有的睿智和平衡意识。毕晓普不是一个基督徒,但不妨碍她对宗教问题的思考。1973年,毕晓普担任哈佛大学现代诗歌课程讲座教授,在学期结束的课程考核中,她让学生甄别现代诗人包括斯蒂文斯、洛威尔、卡明斯、威廉斯和莫尔等人的作品,这其中就包含两大主题:"死亡的前提与永生的可能性"②。可见,毕晓普时刻思索着信仰的问题。事实上,早在1946年诗集《北与南》刚出版时,莫尔就曾评论过,"毕晓普小姐将信仰的问题——宗教信仰——深深地根植于她的作品之中"③。也就是说,毕晓普的诗歌从深层而言属于宗教性的。不过,由于生活不顺,命途多舛,毕晓普的信仰就如同一颗"坏了的牙齿",她随时会担心"咬到她的舌头"④。

自加入耶稣会后,霍普金斯就践行"圣礼主义"世界观,

---

① Elizabeth Bishop, *Poems, Prose, and Letters*, New York: The Library of America, 2008, p. 686.
② Cheryl Walker, *God and Elizabeth Bishop: Meditations on Religion and Poetry*, New York: Palgrave Macmillan, 2005, p. 15.
③ Marianne Moore, "A Modest Expert: *North & South*", in Lloyd Schwartz and Sybil P. Estess, eds., *Elizabeth Bishop and Her Art*, Ann Arbor: The University of Michigan Press, 1983, p. 179.
④ Cheryl Walker, *God and Elizabeth Bishop: Meditations on Religion and Poetry*, New York: Palgrave Macmillan, 2005, p. 4.

并参照耶稣会创始人圣伊格内修斯的《精神锻炼》进行灵修。这本书最重要的灵修方式之一即是，首先，强化器官和思维上的双重"五种感觉"，亦即视觉、听觉、嗅觉、味觉、触觉；然后，用它们来感知物质世界的存在和充盈于事物之中"三个神格"的存在；最后，根据神的意愿来调整自己的生活，最终得到灵魂的救赎。① 为了更好地与上帝建立起联系，霍普金斯在《精神锻炼》的注释中，阐述了他对灵修的理解与感悟："太初有言，言与上帝同在。上帝以外，才是这个世界。这个世界是上帝的话语、表达和信息。因此，它的目的、主旨、意义，就是上帝，它的存在或使命就是去表达和赞美上帝。"② 不仅在生活中，而且在创作中霍普金斯都严格遵循伊格内修斯的教导进行灵修。据说，当他还是新教士时，他选择归隐30天，潜下心来进行灵修，后来还将这一切写进了诗歌。所以，他的诗歌也体现了物质存在与精神超验的结合，他的信仰在赞美耶稣基督中得到了完满。

而早在20世纪30年代，毕晓普就在纽约市公立图书馆阅读了《精神锻炼》一书，其灵修技巧更是被她当作诗歌创作的

---

① The Reverend C. Lattey, *The Spiritual Exercises of St. Ignatius*, St. Louis: B. Herder Book, 1928, p. 28.
② Gerard Manley Hopkins, *Gerard Manley Hopkins*, ed. Catherine Phillips, New York: Oxford University Press, 1986, p. 282.

第五章 文本越界：古今文学比较

方法予以运用。1934年，在论及诗歌的灵修艺术时，毕晓普在日记中写道："要运用大自然赋予诗人的特有素材，一种对事物直观而强烈的感应，一种对事物隐喻和藻饰的感知，去表达某种外在于事物的精神，而它源自物质世界。"① 虽然诗歌的写作不可能完全等同于宗教的灵修，但其精神的意图必须让人感受到。所以，毕晓普又接着说："只有真正的宗教诗，才是诗，才是完美。"② 创作于1948—1949年的《浪子》是毕晓普少有的宗教诗之一，她在1955年11月23日致洛威尔的信中说明了这首诗的写作意图，致力于模仿"耶稣会教士的灵修练习——他们总是用心冥想，试着感悟事件发生的始末"③。按照灵修的方式，毕晓普集中描写了浪子的心境，而心境的形成来自五官的感受，尤以敏锐的视觉为主，视像清晰，栩栩如生，最后，浪子的"心被触动了"，他决定回家。至此，诗歌由现实世界上升到灵性超越，它暗示了浪子精神的救赎。当然，毕晓普诗歌中这种"自我忘却的冥想"④ 还受惠于其他诗人，包括赫伯特、里尔克、莫尔等，特别是莫尔能够"将自己

---

①② Brett Millier, *Elizabeth Bishop: Life and the Memory of It*, Berkeley: University of California Press, 1993, p. 65.
③ Brett Millier, *Elizabeth Bishop: Life and the Memory of It*, Berkeley: University of California Press, 1993, p. 230.
④ Elizabeth Bishop, *Prose*, New York: Farrar, Straus and Giroux, 2011, p. 414.

完全融入客体中,并真诚地思考客体本身"①。

然而,最为重要也是最吸引毕晓普的是,霍普金斯宗教思想中所体现的精神与气质。虽然在诗歌语言和韵律上有着大胆的创新,但在道德信仰上霍普金斯始终恪守一个圣教士应有的温和与谦恭,用他的话说:"虔敬而又谦卑地赞美我们的主!"② 即便面对"晨光的宠儿,/日光王国的骄子"③,他也不改初衷。如果说霍普金斯的谦卑出自宗教的虔诚,那么毕晓普的谦逊则更多源自品格的修养。面对 1960 年代诗人们两性的直白、道德的松懈、赤裸的忏悔,毕晓普觉得,时代已经失去了它的自律性与选择性,而人性的阴暗、偏狭与自私让她对"人类的道德有着深刻的洞察"④。1972 年 3 月,当得知洛威尔在创作中直接利用其妻子的信函,毕晓普责问他:"我向来记得霍普金斯致布里奇斯伟大的信,说'绅士'应该是可以想象得到的谦谦君子……如此使用个人的、悲情的、痛苦的信件,着实不够绅士——太残忍了!"⑤ 可见,在

---

① Elizabeth Bishop, *Prose*, New York: Farrar, Straus and Giroux, 2011, p. 255.
② Gerard Manley Hopkins, *Gerard Manley Hopkins*, ed. Catherine Phillips, New York: Oxford University Press, 1986, p. 282.
③ Gerard Manley Hopkins, *Gerard Manley Hopkins*, ed. Catherine Phillips, New York: Oxford University Press, 1986, p. 132.
④ Randall Jarrell, *Poetry and the Age*, London: Faber and Faber, 1973, p. 235.
⑤ Elizabeth Bishop, *One Art: Letters*, New York: Farrar, Straus and Giroux, 1994, p. 562.

毕晓普心目中，霍普金斯不只是行动的榜样，行为的规范，道德的准则，更是教士、绅士与君子的楷模，是她永远的精神伴侣。

毕晓普与霍普金斯虽然生活在不同的世纪，属于不同的国度，拥有不同的信仰，但他们在诗歌和诗学上的相似却绝非偶然。除了共同的气质，诗歌的影响，文化的传统外，其深层的原因错综复杂，但作为各自时代精神的敏锐感知者，他们表现出人在精神上的不安：旧的生活基础和道德准则正在迅速瓦解，而新的生活及其前途对大多数人来说还非常模糊。人类向哪里去？生活在维多利亚时代后期的霍普金斯，目睹了英国上层社会的腐朽与知识阶层的彷徨，他决定选择皈依宗教，在信仰耶稣基督中找到了自我的圆满，而生长在两次世界大战之间的毕晓普，由于见证了人类信仰的疯狂与精神的迷茫，对耶稣基督的怀疑让她在真理的道路上进行着永无尽头的探寻。尽管如此，1930年代，毕晓普在《基维斯特笔记》中引用克尔凯郭尔的一段话，"在知识以前，诗歌成为幻想；有知识以后，宗教成为幻想。在诗歌与宗教之间，人类的生活智慧在喜剧性地上演。人们要么诗意地生活，要么宗教地生活，否则将被视为愚昧"①,也许可以为我们揭开这个谜底。毕竟,从这个意义上讲,毕晓普与霍普金斯都是幸福的人。

二、毕晓普与莫尔

莫尔是毕晓普的从业之师。虽然两位诗人在宗教信仰上存在着差异,但她们在诗歌艺术上觅到了平衡。莫尔对毕晓普的诗歌创作产生了深刻影响。本书从题材选择、描写技巧、措辞艺术等三方面探讨这种影响,旨在揭示诗人与传统、艺术与创造的关系。

1934年3月,毕晓普在瓦萨学院图书管理员博登(Fannie Borden)的引荐下,认识了美国现代诗坛最伟大的女诗人莫尔。之后,两人开始了长达近40年的友谊。与莫尔的相识,彻底改变了毕晓普的生命进程,使得她毅然决然走上创作者的道路。毕晓普说:"这是我人生中最幸福的事情之一。"② 莫尔的"才

---

① Cheryl Walker, *God and Elizabeth Bishop: Meditations on Religion and Poetry*, New York: Palgrave Macmillan, 2005, p. 16.
② Elizabeth Bishop, *Poems, Prose, and Letters*, New York: The Library of America, 2008, p. 853.

情"与"智趣"① 深深地吸引着毕晓普。与莫尔的交往,毕晓普倍感振奋,不仅"心灵升举",而且"决心要变得更好,更勤奋"②。在毕晓普看来,莫尔不仅代表了成功的事业,而且代表了光明的前景,"一种迷人的存在方式"③。

1935年10月,在莫尔的推荐下,毕晓普的诗作《地图》首次入选新人集《试衡》(*Trial Balances*)。从此,毕晓普以诗人的身份登上文坛。基于两人的师生情谊,毕晓普于1948年创作了名篇《邀请玛丽安娜·莫尔小姐》,向莫尔致敬。虽然,莫尔是虔诚的天主教徒,而毕晓普是十足的"不信者",但她们超越了信仰的界限,将长期的友谊聚焦在诗歌的交叉点上,从不同的视角走进彼此的生活,共同关注着艺术与人生,美学和道德。在诗歌创作上,毕晓普深受莫尔的影响,不仅将莫尔的诗歌视为至高典范,而且研习莫尔的写作技巧和变形方法。本书从题材选择、描写技巧、措辞艺术三个方面探讨这种影响,旨在揭示诗人与传统、艺术与创造的关系。

---

① Elizabeth Bishop, *Poems, Prose, and Letters*, New York: The Library of America, 2008, p. 858.
② Elizabeth Bishop, *Prose*, New York: Farrar, Straus and Giroux, 2011, p. 128.
③ Bonnie Costello, "Marianne Moore and Elizabeth Bishop: Friendship and Influence", in *Twentieth Century Literature*, Vol. 30, No. 2/3 (Summer-Autumn 1984), p. 134.

（一）题材择取

莫尔诗歌的题材源自大自然的奇光异彩。自然界的动、植物，构成莫尔诗歌中色彩斑斓、趣味盎然的世界：猴子、大象、眼镜蛇、蝾螈、犰狳、跳鼠、鹈鹕、黑褐色的贻贝、粉红色的水母、黄色的藏草、紫色的牵牛花等，是莫尔诗歌中司空见惯的意象，它们组成一幅幅精美的图案。在这些看似毫无联系、毫无意义的事物背后，总能见出莫尔对它们的尊重和热爱，体现了她强烈的民主意识和道德情怀。

毕晓普的诗歌题材深受莫尔的影响。毕晓普说："当我开始阅读你（莫尔）的诗歌时，我想，它们瞬间开启了我的视野，让我能够使用这些题材，如果不是你，我可能永远不会用到它。"[1] 如同莫尔的创作，毕晓普的诗歌热衷于描写自然界的动物、植物，包括公鸡、鱼、沙鹬、犰狳、螃蟹、蜗牛、莠草、红树、山茱萸、雏菊、红苜蓿等，并且能够将这些动物、植物的意象与其周围的环境结合起来，形成一种独特的诗意。这在早期的诗歌创作中表现得尤为明显。其中，《公鸡》是这方面的代表作，其写作旨趣在于反战，进而批判男性中心主

---

[1] Brett Millier, *Elizabeth Bishop: Life and the Memory of It*, Berkeley: University of California Press, 1993, p. 68.

义，以及依恃男人权势奢靡度日的女人。

毕晓普的诗歌取材与莫尔有着共同之处，然而在处理题材的方式上，两人存在着显著的差别。处理题材的方式与诗歌创作的理念紧密相连。关于莫尔的诗歌创作，毕晓普说："礼仪和道德；作为道德的礼仪？或者作为礼仪的道德？"[1] 换言之，莫尔的诗歌重视事物的道德说教。事实上，莫尔喜欢从价值观的角度走近视觉，而毕晓普更倾向于从视觉的角度审视价值观。同样是表现动物的诗，毕晓普与莫尔笔下的动物有着不同的侧重点。

首先，让我们来阅读莫尔的诗歌名篇《大象》中的片段：

> With trunk tucked up compactly—the elephant's
> sign of defeat—he resisted, but is the child
> of reason now. His straight trunk seems to say: when
> what we hoped for came to nothing, we revived.[2]

象鼻紧凑地卷起——大象

---

[1] Elizabeth Bishop, *Prose*, New York: Farrar, Straus and Giroux, 2011, p. 140.
[2] Marianne Moore, *The Complete Poems of Marianne Moore*, New York: Penguin Books, 1982, p. 129.

> 败北的信号——他反抗过，但此时是
> 理性的孩童。他直挺的象鼻似乎在说：当
> 我们希望落空之时，我们复活了。

关于大象，莫尔研究它的生活习性，如声音、动作、形态等，旨在凸显大象所代表的永不言败的精神美德。在莫尔看来，事物的精神气质与外在行为具有内在一致性，而构成这种一致性的基础则是道德礼仪。因此，莫尔的诗歌美学是植根于道德的。

然而，与莫尔的创作不同，毕晓普更多关注动物的内心世界，或采纳动物的声音，或代它们立言。譬如，在诗作《沙鹬》中，鹬鸟的内心世界一览无余：

> 浪吼声如影随形，他习以为常，
> 世界随时濒临动荡。
> 他疾奔，向南奔去，胆战心惊，
> 惊慌中强自镇定，布莱克的门生。（131）

关于沙鹬，毕晓普聚焦它的内心律动。从沙鹬的视角看世界，"成千上万的沙粒，黑色、白色、褐色和灰色，/掺和着

石英颗粒，玫瑰色和紫晶色"（131），其暗含的意义是：诗人对事物细枝末节的关切，以及她从事物的视觉审视价值的创作理念。

无独有偶，在《致蜗牛》和《人蛾》中，我们可以发现同样的差异。莫尔的"蜗牛"，有着自身的生活方式和认知原则，它是诗人审美理想化的产物。作为审美与道德的结合体，蜗牛暗示了某种道德原则："伸缩性是一种美德，谦虚是一种美德。"[①] 相比之下，毕晓普的"人蛾"，则是诗人内心外化的产物，是自反性的结果，暴露了人类灵魂深处鲜为人知的秘密。在此，我们可以窥见两人创作理念的差异。

毋庸置疑，就题材的择取而言，毕晓普深受莫尔的影响。不管是动物，还是植物，乃至自然界的一切，都能成为她们诗歌创作的题材。然而，在题材的处理方式上，两人却因为创作理念的不同，而呈现出明显的差异。因此，她们的创作题材之间，既同中有异，又异中有同。

（二）描写技巧

在诗评《我们都喜欢它：莫尔和模仿的快乐》中，毕晓普

[①] Bonnie Costello, "Marianne Moore and Elizabeth Bishop: Friendship and Influence", in *Twentieth Century Literature*, Vol. 30, No. 2/3 (Summer-Autumn 1984), p. 144.

盛赞莫尔的"描写技艺",并称她是"现在世界上的最伟大的观察者"①。关于毕晓普诗歌的"描写性",前人之述备矣。有的直接肯定毕晓普的描写能力,如米尔斯(Ralph Mills),评论其"细节描写准确",以及其沉醉于"事物的独特性、质地性和多样性"②;有的则从诗歌的描写效果上论述,如哈里森(Tony Harrison),说"她乐于用精确性描写获得事物的感知,这在现代诗坛无出其右"③ 等。然而,检视毕晓普的诗歌创作,我们发现,其描写技巧与莫尔的描写技艺具有惊人的一致性。

在评论毕晓普处女诗集《北与南》时,贾雷尔明确指出,毕晓普的描写方法深受莫尔的影响,他说:

> 当你读到毕晓普小姐的《佛罗里达》时,诗作的开篇,"这州有着最美丽的名字",以及诗作的结尾,"鳄鱼,发出五道分明的声音:/友谊、爱情、性、战争,以及一个警告",你不需要被告知,玛丽安娜·莫尔的诗歌,一

---

① Elizabeth Bishop, *Prose*, New York: Farrar, Straus and Giroux, 2011, p. 253.
② Ralph Mills, *Contemporary Poetry*, New York: Random House, 1965, p. 75.
③ Tony Harrison, "Poetry: Wonderland", in *London Magazine*, Vol. 11, No. 1 (1971), p. 163.

第五章 文本越界：古今文学比较

开始就是毕晓普小姐精挑细选的基础。①

诚然，贾雷尔的论断未必能让毕晓普满意，但他着实道出了毕晓普诗歌中潜藏的秘密：在表象的记录、细节的描写、意象的并置等方面，毕晓普与莫尔的诗歌有着共通之处。同样是，面对诗集《北与南》，洛威尔评论，"精致的描写技巧"② 是毕晓普与莫尔共同的追求。

不过，毕晓普的描写与莫尔的描写也有不同之处。

首先，莫尔的诗歌在描写事物时，多半考虑事物的道德层面，注重把事物和价值联系在一起，而毕晓普的诗歌则只关注事物本身，很少去考虑其价值与意义。例如，在描写跳鼠时，莫尔关注其功能的完整与形式的和谐，其视觉主要聚焦于跳鼠的外在行为，渴望从它身上找到一种克制和内敛的道德理念：

> it turns its bird head—
> the nap directed
> neatly back and blending

---

① Randall Jarrell, "The Poet and His Public", in *Partisan Review*, Vol. 13, No. 4 (1946), p. 488.
② Robert Lowell, "Thomas, Bishop and Williams", in *The Sewanee Review*, Vol. 55, No. 3 (July-September 1947), p. 497.

with the ear which reiterates the slimness

of the body...

它转动它的鸟头——

绒毛整齐地

指向后面并与耳朵

相融合,后者强化身体的

弱小……

... It

honors the sand by assuming its color;

closed upper paws seeming one with the fur

in its flight from a danger.[1]

……它

披上沙的颜色来尊崇它

合起的前爪似乎与皮毛为一体

在它逃离危险之时

与莫尔不同,毕晓普的诗歌大多关注事物本身,很少涉及

---

[1] Marianne Moore, *The Complete Poems of Marianne Moore*, New York: Penguin Books, 1982, p. 14.

第五章　文本越界：古今文学比较

其道德意义。毕晓普说："我的确着迷于物色。批评家常常说我写物多于写人。这并非我有意识的选择。我纯粹是尝试用全新的眼光观照事物。"[1] 例如，在诗作《旅行的问题》中，有一精彩的片段：

> 但的确太可惜了
> 如果未曾见过沿着这条路种植的一排排树木，
> 就夸大它们的美丽，
> 如果未曾见过他们像高贵的戏剧演员
> 穿着粉红的袍子演出。
> ……（93—94）

在此，毕晓普除了尽情地展示异域的风情外，并无其他目的。正如麦克娜丽所言，毕晓普的诗歌，"尽可能地接近事物实存的表象、声音和质地，而不是阐释其意义"[2]。

其次，与莫尔的描写不同，毕晓普更多聚焦人类缺失、衰

---

[1] Alexandra Johnson, "Geography of the Imagination", in George Monteiro, ed., *Conversations with Elizabeth Bishop*, Jackson: University Press of Mississippi, 1996, p. 100.
[2] Nancy McNally, "Elizabeth Bishop: The Discipline of Description", in *Twentieth Century Literature*, Vol. 11, No. 4 (1966), p. 191.

败的迹象。同样是在《佛罗里达》中，虽然贾雷尔刻意指出其"莫尔式"的描写方法，但在描写风格上，两人存在着明显的差异：

> 巨大的海龟，无助而温和，
> 死后在海滩上留下藤壶的硬壳，
> 头骨硕大苍白镶嵌着圆圆的眼窝
> 有人的两倍大。(32)

这里的海龟，与其说是美的典范，不如说是悲剧的场面。除了诗中隐约流露出道德伤感外，毕晓普并没有提供一个明确的价值体系和道德规范。

大体而言，毕晓普的诗歌描写注重事物的细节，较少关注其外在的意义，而莫尔则不同，她描写事物细节的同时，更多关注其道德的价值。关于毕晓普诗歌的描写艺术，莫尔评论道："我们有一个知识的诗人，而不是训诲的诗人。"[1] 言外之意，毕晓普的描写是知识性描写，而不是道德性描写。因此，

---

[1] Marianne Moore, "A Modest Expert: *North & South*", in Lloyd Schwartz and Sybil P. Estess, eds., *Elizabeth Bishop and Her Art*, Ann Arbor: The University of Michigan Press, 1983, p. 179.

也可以说，毕晓普的诗歌是知识性诗歌，而不是说教性诗歌。

（三）措辞艺术

诗歌是语言的艺术，诗歌的语言是诗人千锤百炼的结果。毕晓普说："写诗是一种不自然的行为。它需要伟大的技巧使之成为自然。"① 作为"伟大的技巧"之一，措辞艺术是毕晓普和莫尔共同关心的话题。毕晓普说："我欣赏和喜欢诗歌的三种特性：准确性、自发性和神秘性。"②

首先，准确性，是莫尔带给毕晓普最好的礼物。在早期诗歌创作中，毕晓普得到了莫尔的悉心指导。莫尔认为，诗歌应该"规整井然"（neatness of finish）③，即要求诗行严整、措辞准确、韵律和谐，尽力避免词语的拙劣与冗长。在措辞准确性上，莫尔严格要求毕晓普，主要体现在莫尔指导毕晓普修改诗作《早餐的奇迹》《大幅拙劣画》等上。关于前者，莫尔说："在诗的第二节第 2 行，我反对'bitterly'，第 3 行中'very hot'的'very'，以及全诗倒数第 4 行中的'gallons of'。"④ 关于后者，

---

① Elizabeth Bishop, *Prose*, New York: Farrar, Straus and Giroux, 2011, p. 327.
② Elizabeth Bishop, *Prose*, New York: Farrar, Straus and Giroux, 2011, p. 328.
③ Marianne Moore, *The Complete Poems of Marianne Moore*, New York: Penguin Books, 1982, p. 76.
④ Bonnie Costello, "Marianne Moore and Elizabeth Bishop: Friendship and Influence", in *Twentieth Century Literature*, Vol. 30, No. 2/3 (Summer-Autumn 1984), p. 136.

莫尔说："水生动物的想法，正是我们所需要的。在散文中，'sighing'是高雅的词语，用在此处不太像专业人士？关于押韵，'air'，似乎有点轻率？"① 这里，莫尔对毕晓普诗歌语言准确性、简洁性和音乐性的强调，让她终身受益。

然而，随着诗艺的进展，毕晓普在措辞"准确性"的理解上与莫尔有着不同。究其根源，在于美学理念的差异：毕晓普选择真，而莫尔向往善。首先，语言的严肃性问题。1940年10月，毕晓普按照惯例，将新创作的诗歌《公鸡》寄给莫尔，征询其意见。其中，莫尔强烈反对使用"厕所"（water closet）的说法。莫尔说："关于厕所，托马斯、威廉斯、卡明斯，还有其他人都认为，如果回避严肃的事物，就是逃避责任。我对他们说，'我不能平等地关心所有的事物，但我会让其产生一种重要的效果：英雄主义的节制和英雄主义的勇气同样伟大，其回报也一样。'……从根本上说，很少有人以这样粗鲁的方式，丰富我们的创作而不付出代价。"② 的确，对于重视礼仪和道德的诗人而言，有些词和短语根本不属于诗歌。

---

① Bonnie Costello, "Marianne Moore and Elizabeth Bishop: Friendship and Influence", in *Twentieth Century Literature*, Vol. 30, No. 2/3 (Summer-Autumn 1984), p. 136.
② David Kalstone, *Becoming a Poet: Elizabeth Bishop with Marianne Moore and Robert Lowell*, New York: Farrar, Straus and Giroux, 1989, p. 80.

第五章 文本越界：古今文学比较

不过，毕晓普不以为然。在回信中，毕晓普辩解道："我舍不得'厕所'和其他的脏字，因为我要凸显的，正是军国主义龌龊的本质。"[1] 基于同样的理由，毕晓普不赞成将"锡制公鸡"换为"金铸的"，也不采用"铺得一丝不苟的床"等。此外，毕晓普还保留了具有轻蔑意味的《公鸡》作为诗题，而不是选用较为古典的《公鸡》(*The Cock*)。

诚然，就诗歌的美学而言，莫尔的建议不无道理，但是考虑到诗歌经验的真实性，毕晓普的措辞无可厚非。回到诗开篇的场景，我们发现，毕晓普描述的是基维斯特，以及被德军占领的芬兰与挪威小镇，这很容易让人们想起战时、战地苍凉的景象和寒碜的氛围。这也解释了为什么毕晓普反复使用形容词"gun-metal"，以及暴戾的"三行韵"语调。

其次，语言的自然性问题。与莫尔的"规整井然"相比，毕晓普更注重语言的"自然而然"[2]。据毕晓普回忆，认识莫尔一两年后，她发表了一篇非常糟糕的短篇小说，因为用了"唾液"(spit)一词而备受责备。同时，莫尔还告诉她关于俗语的

---

[1] Elizabeth Bishop, *One Art: Letters*, New York: Farrar, Straus and Giroux, 1994, p. 96.
[2] Alexandra Johnson, "Geography of the Imagination", in George Monteiro, ed., *Conversations with Elizabeth Bishop*, Jackson: University Press of Mississippi, 1996, p. 103.

使用规则。她说:"通常,我不会用'臀部'(rump)一词。但我可以得体地向母亲说,'母亲,有一根线沾在你臀上,'因为她知道我指的是考珀(Cowper)的宠物兔子,……扭动它的臀部!"可见,在莫尔看来,俗语是不能进入诗歌的殿堂的。

当然,我并不是说,毕晓普的诗学故意将现实庸俗化,因为与莫尔一样,毕晓普也"渴望准确地呈现世界的风景和生命"①。尽管如此,莫尔对语言的克制、文雅性的强调,直接促成了毕晓普内敛、缄默、优雅写作风格的形成。在莫尔的言传身教和潜移默化中,毕晓普成为"世界上最好的艺术大师之一"②。

综上所述,不管是在题材的选择、描写的技巧还是措辞的艺术等方面,毕晓普的诗歌都不同程度地受到莫尔的影响。然而,毕晓普并没有因此而循规蹈矩,故步自封,而是勇于探索,努力向前,不断追求自我的风格,倾听自我的声音,表达自我的理想。尤其是随着创作的日渐成熟,毕晓普开始关注自我对艺术的理解,并将莫尔诗歌的创作精华运用于实践,采纳包容一切的视角,既描写快乐,也描写痛苦,呈现出一个独特

---

① Stephen Stepanchev, *American Poetry Since 1945: A Critical Survey*, New York: Harper and Rowe, 1965, p. 70.
② Robert Lowell, "Thomas, Bishop, and Williams", in *The Sewanee Review*, Vol. 55, No. 3 (July-September 1947), p. 497.

的艺术世界,最终形成自己的诗歌魅力。关于毕晓普与莫尔的诗歌创作之间的关系,已故著名评论家卡尔斯通说:"它滋养了毕晓普的创作生命,……毕晓普既把莫尔看成典范,又视其为出发点,在挑战权威的基础上,毕晓普探索甚至沉醉于自己无政府的创作冲动。"① 在这种无政府的创作冲动中,毕晓普实现了自我的蜕变,完成了传统的超越,创造了一个又一个经典。

---

① David Kalstone, *Becoming a Poet: Elizabeth Bishop with Marianne Moore and Robert Lowell*, New York: Farrar, Straus and Giroux, 1989, p. 5.

第六章

结语：越界，融合与创新

  1979年10月6日，美国富有传奇色彩的女诗人毕晓普在波士顿的海滨寓所里溘然长逝，结束了浪迹天涯的一生。作为跨越现代主义和后现代主义两个文学时代的大诗人，毕晓普给世界留下了众多不朽的诗篇。借由越界的诗学思想、高超的艺术方法以及丰厚的文学意蕴，毕晓普为诗歌的现代化和后现代化作出了独特的贡献。在论著《后现代诗歌的政治与形式》中，布莱辛指出，毕晓普是"后现代"诗人中的"形式主义"诗人，但她不受"现代主义物化诗歌技巧"① 的

---

① Mutlu Konuk Blasing, *Politics and Form in Postmodern Poetry: O'Hara, Bishop, Ashbery, and Merrill*, New York: Cambridge University Press, 1995, p. 3.

第六章 结语：越界，融合与创新

束缚。实际上，毕晓普的诗歌既存在"早期现代主义的实验冲动"，也包含"重申存在与过程的反形式主义斗争"[①]。作为诗人的创作，毕晓普成功挑战了人们对她诗学的假定，超越了现代主义和后现代主义文学流派之间的界限。因此，跨越界限成为毕晓普诗歌创作最显著的特征。凭借这一特征，毕晓普的诗歌完美地展演了现代主义和后现代主义的诸多文学元素和技巧，并最终在两者的通融与互补中达到平衡。

透过深入、系统的考察与分析，我们发现，毕晓普诗歌创作中的跨界性特征，主要体现在以下四个方面：

（一）跨越学科的界限使得毕晓普诗歌创作充满了创新意识和无限活力。

毕晓普是一个诗人，也是一个画家。在创作的早期阶段，她以大量的描写性诗歌登上文坛。凭借其如画家般的眼睛，毕晓普通过精确的观察和细节的描述，用非同寻常的比喻和带有超现实主义意味的想象，展示着自然、世界和人的内心。除了绘画之外，毕晓普还是个音乐迷。她喜欢形形色色的音乐，包

[①] Mutlu Konuk Blasing, *Politics and Form in Postmodern Poetry: O'Hara, Bishop, Ashbery, and Merrill*, New York: Cambridge University Press, 1995, p. 1.

括赞美诗、古典音乐、爱尔兰民谣、摇滚乐和桑巴舞曲,也曾拜师习弹古钢琴。《十四行诗》(1928)是毕晓普早年的作品。这首诗采用彼得拉克体歌咏音乐的魅力,其特色在于形式与内容的融合、古典与现代的交汇,揭示了音乐与诗歌之间密切的关联:"诗歌逸离音乐愈远,愈趋于凋亡。"① 在音乐、绘画的掩饰下,毕晓普的诗歌还具有一种近乎宗教的妙谛。通常,在诗结束前,诗人以灵视的异象,向人们提示她的洞见,继而开辟新的征程。毕晓普的诗歌打破了传统学科的界限,将不同学科中有益的因素融入作品,为诗歌创作注入了无限的活力,推动了诗歌的现代化运动。

(二)毕晓普的诗歌创作跨越了欧美文化、南北文化的界限,拓展了诗歌创作的空间范畴,展现了多元文化语境下不同文学元素的相容性,显示了诗歌表现手法多样性的美学意义。

从最初的美国到封闭的加拿大,再到热情洋溢的巴西,毕晓普在美洲大陆南来北往、来回穿梭,并将触角延伸至英国、法国、意大利、西班牙、摩洛哥等广大国家和地区。地理的穿越、文化的穿越、语言的穿越……使得毕晓普的诗歌呈现出跨文化特色,其内容涉及不同地理、历史与文化空间的社会、政

---

① Elizabeth Bishop, *One Art: Letters*, New York: Farrar, Straus and Giroux, 1994, p. 31.

第六章 结语：越界，融合与创新

治、经济、文化、宗教信仰等问题，表达了诗人的现实关切及其对人类前途命运的思考。毕晓普以世界作为自己的创作空间，采用跨文化叙事的方法与比较的眼光，尽情地展示不同历史时空中的人和事，其诗歌呈现出叙事视角多元化、叙述声音对话化、叙事结构戏剧化等多重叙事特色。这些叙事特色，在她后期的创作中越发明显，诗集《旅行的问题》《地理学Ⅲ》等，体现着多元文化而非单一文化的文学话语，以及不同语言、风格相糅合的创作方法。这些表现方法，总能让她有新的发现和新的艺术收获。

（三）毕晓普的诗歌创作跨越了性、性别、欲望、身体的界限，丰富了她诗学的内涵，其同性恋写作不仅更新了传统爱情诗的审美品级，而且拓展了现代情感知识谱系，形成了有别于主流的文学叙述图式。

作为同性恋诗人，毕晓普的性别越界，开启了叩问性别意义的可能，达到了松动二元对立的僵化思考，其性别位置还可以透过语言或表演行为去操纵。《粉红狗》（1979）是毕晓普的遗作，其仿民歌式的语调成为诗人的代言。诗中"穿上狂欢节彩装"（191）的脱毛狗，借由操演服饰的文化符号，打破性别的既定僵局，成就其越界的表演。正如库奇内拉（Catherine Cucinella）所言，其"诗意的身体拆解了心/

身、性/性欲、男/女、文化/自然的二元结构"，"模糊了意义、表征阈限，拒绝静止"①，制造出一种颠覆与不安。在这种颠覆与不安中，毕晓普的诗作精雕细琢，讲究形式却不避讳间杂粗犷、浅白的用词，可说是另一种杂扮或变装："赤裸裸的经验穿上了格律的彩装。"② 不管在内容还是形式上，毕晓普的诗歌运用各种舞台扮装，委婉含蓄地表达了诗人另类的性别认同，以更加优雅平衡的美学方式表现出凝固的瞬间与历史变化的有机结合，体现了诗人炽烈的人文情怀。

（四）借由传统诗歌和现代诗歌的相互跨越，毕晓普的诗歌创作表现出鲜明的创新意识，以及现代主义与后现代主义相结合的双重特征。

作为承上启下者，毕晓普承接现代诗歌，开启后现代诗歌，是从现代主义向后现代主义转变的关键诗人。毕晓普提倡诗歌创新，主张辩证地对待传统与创新的关系，追求传统诗歌与现代诗歌之间的相互跨越与融合，充分地从传统诗学中汲取营养，构建现代诗学理论。不管是玄学派诗人赫伯特、克拉

---

① Catherine Cucinella, *Poetics of the Body: Edna St. Vincent Millay, Elizabeth Bishop, Marilyn Chin and Marilyn Hacker*, New York: Palgrave Macmillan, 2010, p. 75.
② Marilyn May Lombardi, *The Body and the Song: Elizabeth Bishop's Poetics*, Carbondale and Edwardsville: Southern Illinois University Press, 1995, p. 66.

第六章 结语：越界，融合与创新

肖，还是宗教派诗人霍普金斯，抑或是现代派诗人波德莱尔、艾略特、庞德、斯蒂文斯、奥登、威廉斯、莫尔等，毕晓普都能从他们的诗歌创作中汲取养分，丰富自己的诗歌艺术和诗学思想，并对传统英语诗歌的抒情方式、诗歌节奏和韵律等方面进行现代意义上的创新与改造。在融合传统与现代诗歌元素的基础上，毕晓普还充分运用现代电影中的蒙太奇、现代绘画中的拼贴艺术、现代音乐中的赋格曲等艺术手法，大量使用省略、时空交错、碎片式结构、并置和断续等现代主义和后现代主义的诗歌技巧，为诗歌的现代化和后现代化运动做出了巨大的贡献。

跨越界限，是毕晓普诗歌的显著特征，也使得毕晓普的诗歌创作能够博采众长、融贯古今，彻底打破诗歌界限的束缚，在时间和空间上解放语言，借由诗艺的创新，以前所未有的反叛姿态向诗歌内在丰富性的边界冲击。毕晓普以跨越界限为特征的诗歌创作，为其越界思想的生成和发展提供了无限的契机，为毕晓普诗歌的创作带来了巨大的活力，也造就了毕晓普诗歌巨大的影响力。

毕晓普诗歌的创新意识及其在美国诗歌史上独特地位，得到了评论家和其他诗人的认可和赞赏。长期担任《纽约客》诗歌编辑的莫斯（Howard Moss）是第一位明确指出毕晓普诗歌"反叛"特征的评论家。1966年，在评论诗集《旅行的问题》时，莫斯写道："毕晓普给诗歌带来的是全新的想象；正因为如此，她是革命性的，而不是'实验性的'。她是第一个成功地运用了散文资源的诗人。"[1] 毕晓普是诗人，也是散文家，其散文式的写诗风格成为她反叛传统诗歌的重要途径。在阅读了诗作《摘自特罗洛普的日记》后，洛威尔高度赞扬毕晓普诗歌的独创性和多样性："我认为，没有直觉，你永远不会写诗。你是当前唯一能发出自己声音的诗人——与庞德或莫尔小姐不同，他们创造了最初的风格，然后继续它——而你的诗，尤其是最后十几首，都是难以预测的与众不同。"[2]

作为毕晓普诗歌在当代诗坛最大的推崇者，洛威尔经常说，毕晓普的诗歌鼓励他、挑战他去尝试全新的写作。在谈及诗作《臭鼬时光》(*Skunk Hour*)的创作时，洛威尔承认，这首诗是在模仿毕晓普。"当我开始创作《臭鼬时光》时"，洛威尔说，"我觉得我对写作的大部分了解都是一种阻碍"。他解释道，这首诗是献给毕晓普的，"因为重读她的诗，暗示了一

---

[1] Howard Moss, "All Praise", in *Kenyon Review*, No. 28 (March 1966), p. 259.
[2] Elizabeth Bishop and Robert Lowell, *Words in Air: The Complete Correspondence between Elizabeth Bishop and Robert Lowell*, New York: Farrar, Straus and Giroux, 2008, p. 331.

第六章 结语：越界，融合与创新

种逾越成规的方法。她的节奏、习语、意象和诗节结构似乎都属于一个后来的世纪"①。1964年，在与库尼茨（Stanley Kunitz）的谈话中，洛威尔还将毕晓普与退特和威廉斯并称，认为他们是"最直接影响我的诗人"。随后，洛威尔补充道，"毕晓普是退特的形式主义和威廉斯日常艺术之间的桥梁"②。关于毕晓普诗歌的创新性，里奇也表达过钦佩之意。在评论《诗歌全集：1927—1979》（1983）时，里奇说，她为诗集中"挑战的多样性"所陶醉，也为其中"激荡的诗学问题和政治问题，以及提供的诸种可能性"③而折服。

毕晓普深知，要想建立自己的风格不可能有捷径。正如她在《在狱中》所言，"我的刑期越长，尽管我不断地发现自己把它当作无期徒刑，我就越要慢慢地建立自己，就越有可能成功"④。在漫长的创作生涯中，毕晓普煞费苦心地写诗，她总是寻找崭新的艺术，将各种不同传统、不同文化、不同学科的

---

① Robert Lowell, "On 'Skunk Hour': How the Poem Was Written", in Lloyd Schwartz and Sybil P. Estess, eds., *Elizabeth Bishop and Her Art*, Ann Arbor: The University of Michigan Press, 1983, p. 199.
② Stanley Kunitz, "Talk with Robert Lowell", in Jeffrey Meyers, ed., *Robert Lowell: Interviews and Memoirs*, Ann Arbor: The University of Michigan Press, 1988, p. 86.
③ Adrienne Rich, "The Eye of the Outsider: Elizabeth Bishop's Complete Poems, 1927-1979 (1983)", in *Blood, Bread and Poetry: Selected Prose 1979-1985*, New York: Norton, 1986, p. 126.
④ Elizabeth Bishop, *Prose*, New York: Farrar, Straus and Giroux, 2011, p. 24.

创作方法整合在一起，经过长期的探索与不断的创新，最终形成自己的风格。关于毕晓普在美国诗歌史上的"神秘"地位，赫克特（Anthony Hecht）如是说：

> 不是说，作为一个不属于任何流派、不签署任何宣言的诗人，她应该建立自己无可争辩的独立地位，而是说，即使那些从不相信他们之间有任何共同点的诗人，都乐意摒弃他们微弱的狭隘主义思想，进而钦佩她的艺术。①

在评论毕晓普的诗歌全集时，莱特霍伊泽（Brad Leithauser）也作了同样的表述："（毕晓普）设法吸引所有流派的崇拜者。形式主义者、垮掉的一代、爱荷华派、纽约派……所有人都成为她狂热的追求者。"② 自诩为"轻率的，土生土长的超现实主义者"③ 阿什伯里，也宣称自己是毕晓普的信徒。他说，毕晓普是"某种程度上的当权派诗人"，但"当权者应该表示感

---

① Anthony Hecht, "Elizabeth Bishop", *Obbligati: Essays in Criticism*, New York: Atheneum, 1986, p. 118.
② Brad Leithauser, "The 'Complete' Elizabeth Bishop", in *The New Criterion*, Vol. 1, No. 7 (March 1983), p. 36.
③ John Ashbery, "Second Presentation of Elizabeth Bishop", in *World Literature Today*, Vol. 51, No. 1 (Winter 1977), p. 8.

第六章 结语:越界,融合与创新

谢;她证明这并不全是坏事"[1]。在论及多蒂(Mark Doty)的诗歌时,文德勒说,"与毕晓普诗歌相联系的风格,触目即是"[2]。总之,毕晓普诗歌的影响力无处不在、无时不在。

在西方社会遭逢历史激变、文化传统产生严重断裂、诗歌本身经历巨变的年代,毕晓普高瞻远瞩,审时度势,以敏锐的艺术洞察力、丰富的艺术想象力、广博的人文底蕴、宽广的文化视野和敢于探索的勇气,直面社会、历史、时代赋予文学的使命,致力于文学传统的变革与诗歌艺术的创新。毕晓普诗歌的越界思想向我们揭示这样一个深刻的道理:一个行之有效的意识形态和审美的反抗是不能放弃与语言和形式的界限与可能性所作的斗争的。正如毕晓普所言,"自由是必然的知识"[3]。在不断提出各种挑战之时,毕晓普的作品,成为现在和未来几代诗人宝贵的"思想遗产"[4]。像所有伟大的艺术一样,毕晓普的诗歌提供的不仅仅是思想和设计。爱尔兰诗人和诺贝尔文学奖获得者希尼说得好,毕晓普"不断地推进诗歌的进展,超

---

[1] John Ashbery, "*The Complete Poems*", in Lloyd Schwartz and Sybil P. Estess, eds., *Elizabeth Bishop and Her Art*, Ann Arbor: The University of Michigan Press, 1983, p. 201.
[2] Helen Vendler, "Comic and Elegiac: Two Poets and the Question of Tradition", in *The New Yorker*, 8 April 1996, p. 101.
[3] Elizabeth Bishop, *Prose*, New York: Farrar, Straus and Giroux, 2011, p. 25.
[4] Elizabeth Bishop, *Prose*, New York: Farrar, Straus and Giroux, 2011, p. 23.

越了它帮助我们享受生活的程度,甚至更深刻地验证了它帮助我们忍受生活的地方"①。在这样做的过程中,毕晓普创造了经久不衰的诗歌。

---

① Seamus Heaney, "Counting to a Hundred: On Elizabeth Bishop", in *The Redress of Poetry: Oxford Lectures*, London: Faber and Faber, 1995, p. 185.

参考文献

一、英文部分

Allen, Graham. *Intertextuality*. London: Routledge, 2000.

Anzaldua, Gloria. *Borderlands: La Frontera*. San Francisco: Aunt Lute Books, 1993.

Ashbery, John. "Second Presentation of Elizabeth Bishop." *World Literature Today*. 51.1 (Winter 1977): 8–11.

Ashbery, John. "The Complete Poems." In Lloyd Schwartz and Sybil P. Estess, eds. *Elizabeth Bishop and Her Art*. Ann Arbor: The University of Michigan Press, 1983. 201–205.

Barry, Sandra. "Shipwrecks of the Soul: Elizabeth Bishop's Reading of Gerard Manley Hopkins." *Dalhousie Review*. 74.1 (Spring 1994): 25–50.

Barry, Sandra. *Elizabeth Bishop: An Archival Guide to Her Life in Nova Scotia*. Hantsport: Lancelot Press, 1996.

Bataille, Georges. *Visions of Excess: Selected Writings*, 1927–1939. Minneapolis: University of Minnesota Press, 1985.

Bendixen, Alfred and Judith Hamera. eds. *The Cambridge Companion to American Travel Writing*. New York: Cambridge University Press, 2009.

Bishop, Elizabeth and Robert Lowell. *Words in Air: The Complete Correspondence between Elizabeth Bishop and Robert Lowell*. New York: Farrar, Straus and Giroux, 2008.

Bishop, Elizabeth and The Editors of Life. *Brazil*. New York: Time Incorporated, 1962.

Bishop, Elizabeth. "Influences." *American Poetry Review*. 14 (January/February 1985): 11–16.

Bishop, Elizabeth. "Letter to the Editor." *New Republic*. (30 April 1962): 22.

Bishop, Elizabeth. "Seven Christian Hymns." *Poetry Pilot*. (October 1964): 14.

Bishop, Elizabeth. *Edgar Allan Poe & The Juke-Box*. New York: Farrar, Straus and Giroux, 2006.

Bishop, Elizabeth. *Elizabeth Bishop and the New York: the Complete Correspondence*. New York: Farrar, Straus and Giroux, 2011.

Bishop, Elizabeth. *North and South*. Boston: Houghton Mifflin Company, 1946.

Bishop, Elizabeth. *One Art: Letters*. New York: Farrar, Straus and Giroux, 1994.

Bishop, Elizabeth. *Poems, Prose, and Letters*. New York: The Library of America, 2008.

Bishop, Elizabeth. *Poems*. New York: Farrar, Straus and Giroux, 2011.

Bishop, Elizabeth. *Prose*. New York: Farrar, Straus and Giroux, 2011.

Bishop, Elizabeth. *The Ballad of the Burglar of Babylon*. New York: Farrar, Straus and Giroux, 1968.

Bishop, Elizabeth. *The Complete Poems: 1927–1979*. Chatto & Windus: The Hogarth Press, 1983.

Blanchot, Maurice. *The Infinite Conversation*. Susan Hanson, trans. Minneapolis: University of Minnesota Press, 1993.

Blanchot, Maurice. *The Space of Literature*. Ann Smock, trans. Lincoln: University of Nebraska Press, 1982.

Blasing, Mutlu Konuk. *American Poetry: The Rhetoric of Its Forms*. New Haven: Yale University Press, 1987.

Blasing, Mutlu Konuk. *Politics and Form in Postmodern Poetry: O'Hara, Bishop, Ashbery, and Merrill*. New York: Cambridge University Press, 1995.

Bloom, Harold. "*Geography III* by Elizabeth Bishop." *New Republic*. 176.6 (5 February 1977): 29 – 30.

Bloom, Harold. ed. *Elizabeth Bishop*. New York: Chelsea House, 1985.

Boschman, Robert. *In the Way of Nature: Ecology and Westward Expansion in the Poetry of Anne Bradstreet, Elizabeth Bishop and Amy Clampitt*. Jefferson: McFarland & Company, Inc., 2009.

Brinkley, Alan. *The Publisher: Henry Luce and His American Century*. New York: Knopf, 2010.

Britto, Paulo. "Elizabeth Bishop as Cultural Intermediary." *Portuguese Literary and Cultural Studies*. 4/5 (Spring/Fall 2000): 489 – 497.

Brogan, Jacqueline Vaught. "Elizabeth Bishop: Perversity as Voice." In Marilyn May Lombardi, ed. *Elizabeth Bishop: The Geography of Gender*, Charlottesville: University Press of Virginia, 1993. 175 – 195.

Brown, Ashley. "An Interview with Elizabeth Bishop." In George Monteiro, ed. *Conversations with Elizabeth Bishop*. Jackson: University Press of Mississippi, 1996. 18 – 29.

Butler, Judith. *Gender Trouble: Feminism and the Subversion of Identity*. New York: Routledge, 1990.

Ciardi, John. ed. *Mid-Century American Poets*. New York: Twayne Publishers Inc., 1952.

Cleghorn, Angus, Bethany Hicok, and Thomas Travisano. "Introduction." In Angus Cleghorn, et al. eds. *Elizabeth Bishop in the 21st Century: Reading the New Editions*. Charlottesville: University of Virginia Press, 2012. 1 – 7.

Cleghorn, Angus. "Bishop's 'Wiring Fused': 'Bone Key' and 'Pleasure

Seas'." In Angus Cleghorn, et al. eds. *Elizabeth Bishop in the 21st Century: Reading the New Editions*. Charlottesville: University of Virginia Press, 2012. 69-87.

Cleghorn, Angus. "The Politics of Editing Elizabeth Bishop's 'Brazil', Circa 1962." *Global Studies Journal*. 3 (2011): 47-58.

Colôniam, Regina. "Poetry as a Way of Life." In George Monteiro, ed. *Conversations with Elizabeth Bishop*. Jackson: University Press of Mississippi, 1996. 50-53.

Cooper, Dennis and Eileen Myles. "The Scene: A Conversation between Dennis Cooper and Eileen Myles." In Brandon Stosuy, ed. *Up Is Up But So Is Down: New York's Downtown Literary Scene, 1974-1992*. New York: New York University Press, 2006. 463-482.

Corelle, Laurel. *A Poet's High Argument: Elizabeth Bishop and Christianity*. Columbia: University of South Carolina Press, 2008.

Costello, Bonnie. "Bishop and the Poetic Tradition." In Angus Cleghorn and Jonathan Ellis, eds. *The Cambridge Companion to Elizabeth Bishop*. New York: Cambridge University Press, 2014. 79-94.

Costello, Bonnie. "Marianne Moore and Elizabeth Bishop: Friendship and Influence." *Twentieth Century Literature*. 30. 2/3 (Summer-Autumn 1984): 130-149.

Costello, Bonnie. "The Impersonal and the Interrogative in the Poetry of Elizabeth Bishop." In Lloyd Schwartz and Sybil P. Estess, eds. *Elizabeth Bishop and Her Art*, Ann Arbor: The University of Michigan Press, 1983. 109-132.

Costello, Bonnie. *Elizabeth Bishop: Questions of Mastery*. Cambridge: Harvard University Press, 1991.

Croll, Morris W. "The Baroque Style in Prose." In Kemp Malone and Martin B. Ruud, eds. *Studies in English Philology: A Miscellany in Honor of Frederick Klaeber*. Minneapolis: The University of Minnesota Press, 1929. 427-456.

Cucinella, Catherine. *Poetics of the Body: Edna St. Vincent Millay,*

Elizabeth Bishop, *Marilyn Chin and Marilyn Hacker*. New York: Palgrave Macmillan, 2010.

Curry, Renée R. *White Women Writing White: H. D., Elziabeth Bishop, Sylvia Plath, and Whiteness*. Connecticut: Greenwood Press, 2000.

Derrida, Jacques. "Living On: Border Lines." In Harold Bloom et al. eds. *Deconstruction and Criticism*. James Hulbert, trans. New York: Seabury Press, 1979. 75–176.

Derrida, Jacques. *Acts of Religion*. Gil Anidjar, ed. New York: Routledge, 2002.

Dickie, Margaret. *Stein, Bishop & Rich: Lyrics of Love, War & Place*. Chapel Hill: The University of North Carolina Press, 1997.

Diehl, Joanne. "Bishop's Sexual Poetics." In Marilyn May Lombardi, ed. *Elizabeth Bishop: The Geography of Gender*. Charlottesville: University Press of Virginia, 1993. 17–45.

Diehl, Joanne. *Women Poets and the American Sublime*. Bloomington: Indiana University Press, 1990.

Diehl, Joanne. *Elizabeth Bishop and Marianne Moore: The Psychodynamics of Creativity*. Princeton: Princeton University Press, 1993.

Dodd, Elizabeth. *The Veiled Mirror and the Woman Poet: H. D, Louise Bogan, Elizabeth Bishop, and Louise Glück*. Columbia: University of Missouri Press, 1992.

Donovan, Hedley. "The End of the Great Adventure." *Time*. (18 December 1972): 33.

Doreski, Carole. *Elizabeth Bishop: The Restraints of Language*. New York: Oxford University Press, 1993.

Doss, Erika Lee. ed. *Looking at Life Magazine*. Washington: Smithsonian Institution Press, 2001.

Dreiser, Theodore. et al. eds. "Editorial." *The American Spectator*. 1 (January 1933): 1.

Eagleton, Terry. *Literary Theory: An Introduction*. Malden: Blackwell

Publishing, 2008.

Eagleton, Terry. *The Eagleton Reader*. Stephen Regan, ed. Oxford: Blackwell, 1998.

Eliade, Mircea. *The Sacred and the Profane: The Nature of Religion*. Willard Trask, trans. New York: Harper & Row, 1961.

Eliot, Thomas. *Selected Prose of T. S. Eliot*. Frank Kermode, ed. London: Faber and Faber, 1975.

Ellis, Jonathan. "Aubade and Elegy: Elizabeth Bishop's Love Poems." *English*. 229 (Summer 2011): 161–179.

Ellis, Jonathan. *Art and Memory in the Work of Elizabeth Bishop*. Burlington: Ashgate, 2006.

Emerson, Ralph. *Conducts of Life*. London: J. M. Dent and Sons, 1908.

Erkkila, Betsy. *The Wicked Sisters: Women Poets, Literary History & Discord*. New York: Oxford University Press, 1992.

Faderman, Lillian. *Surpassing the Love of Men: Romantic Friendship and Love between Women from the Renaissance to the Present*. New York: William Morrow, 1981.

Fenton, James. *The New Faber Book of Love Poems*. London: Faber, 2006.

Fortuny, Kim. *Elizabeth Bishop: The Art of Travel*. Boulder: University Press of Colorado, 2003.

Foucault, Michel. "Preface to Transgression." *Language, Counter-Memory, Practice: Selected Essays and Interviews*. Donald F. Bouchard and Sherry Simon, trans. Oxford: Basil Blackwell, 1977. 29–52.

Foucault, Michel. *Speech Begins after Death*. Robert Bononno, trans. Minneapolis: University of Minnesota Press, 2013.

Fountain, Gary and Peter Brazeau. *Elizabeth Bishop: An Oral Biography*. Amherst: University of Massachusetts Press, 1994.

Fout, John C. "Sexual Politics in Wilhelmine Germany: The Male Gender Crisis, Moral Purity, and Homophobia." In John C. Fout, ed.

Forbidden History: The State, Society, and the Regulation of Sexuality in Modern Europe. Chicago: University of Chicago Press, 1992. 259 – 292.

Fussell, Paul. Abroad: British Literary Travel Between the Wars. New York: Oxford University Press, 1980.

Garrigue, Jean. "Elizabeth Bishop's School." The New Leader. 158 (December 1965): 22 – 23.

Gilbert, Sandra. ed. The Norton Anthology of Literature by Women: the Tradition in English. New York: Norton, 1985.

Gioia, Dana. "Elizabeth Bishop: From Coterie to Canon." New Criterion. 22.8 (2004): 19 – 26.

Globe, O. "Pulitzer Prize Poet Lives in Petrópolis." In George Monterio, ed. Conversations with Elizabeth Bishop. Jackson: University Press of Mississippi, 1996. 8 – 11.

Goldensohn, Lorrie. "Elizabeth Bishop's Witten Picture, Painted Poems." In Laura Menides and Angela Dorenkamp, eds. In Worcester, Massachusetts: Essays on Elizabeth Bishop from the 1997 Elizabeth Bishop Conference at WPI. New York: Peter Lang Publishing, 1999. 167 – 175.

Goldensohn, Lorrie. Elizabeth Bishop: The Biography of a Poetry. New York: Columbia University Press, 1992.

Gray, Jeffrey. Mastery's End: Travel and Postwar American Poetry. Athens: The University of Georgia Press, 2005.

Griffith, Gabriele. Heavenly Love? Lesbian Images in Twentieth Century Women's Writing. Manchester: Manchester University Press, 1993.

Gunn, Thom. "Out of the Box: Elizabeth Bishop." Shelf Life: Essays, Memoirs, and an Interview. Ann Arbor: University of Michigan Press, 1993. 77 – 86.

Hallberg, Robert Von. "Tourism and Postwar Poetry." American Poetry and Culture: 1945 – 1980. Cambridge: Harvard University Press,

1985. 62-92.

Hammer, Langdon. "The New Elizabeth Bishop." *The Yale Review*. 82.1 (January 1994): 135-149.

Harrison, Tony. "Poetry: Wonderland." *London Magazine*. 11.1 (1971): 163-168.

Harrison, Victoria. *Elizabeth Bishop's Poetics of Intimacy*. Cambridge: Cambridge University Press, 1993.

Heaney, Seamus. "Counting to a Hundred: On Elizabeth Bishop." *The Redress of Poetry: Oxford Lectures*. London: Faber and Faber, 1995. 164-185.

Hecht, Anthony. "Elizabeth Bishop." *Obbligati: Essays in Criticism*. New York: Athenuem, 1986. 118-129.

Herzstein, Robert. *Henry R. Luce: A Political Portrait of the Man Who Created the American Century*. New York: Macmillan, 1994.

Hicok, Bethany. *Degrees of Freedom: American Poets and the Women's College*, 1905-1955. Lewisbrug: Bucknell University Press, 2008.

Hicok, Bethany. *Elizabeth Bishop's Brazil*. Charlottesville: University of Virginia Press, 2016.

Hopkins, Gerard Manley. *Gerard Manley Hopkins*. Catherine Phillips, ed. New York: Oxford University Press, 1986.

Hopkins, Gerard Manley. *The Sermons and Devotional Writings of Gerard Manley Hopkins*. Christopher Devlin, ed. London: Oxford University Press, 1959.

Howard, Ben. "Action and Repose: Gerard Manley Hopkins' Influence in the Poems of Elizabeth Bishop." *The Hopkins Quarterly*. 33.3-4 (Summer-Fall 2006): 109-118.

Jackson, Richard. "Constructing a New Stage: The Poetry of the 1940s." In Jack Myers and David Wojahn, eds. *A Profile of Twentieth-Century American Poetry*. Carbondale: Southern Illinois University Press, 1991. 102-130.

Jarrell, Randall. "The Poet and His Public." *Partisan Review*. 13.4

(1946): 488 – 500.

Jarrell, Randall. *Poetry and the Age*. London: Faber and Faber, 1973.

Jenks, Chris. *Transgression*. London: Routledge, 2003.

Jeredith. Merrin. "Elizabeth Bishop: Gaiety, Gayness, and Change." In Marilyn May Lombardi, ed. *Elizabeth Bishop: The Geography of Gender*. Charlottesville: University Press of Virginia, 1993. 153 – 172.

Jezer, Marty. *The Dark Ages: Life in the United States, 1945 – 1960*. Boston: South End Press, 1982.

Johnson, Alexandra. "Geography of the Imagination." In George Monterio, ed. *Conversations with Elizabeth Bishop*. Jackson: University Press of Mississippi, 1996. 98 – 104.

Kalstone, David. "Elizabeth Bishop: Questions of Memory, Question of Travel." In Lloyd Schwartz and Sybil P. Estess, eds. *Elizabeth Bishop and Her Art*. Ann Arbor: The University of Michigan Press, 1983. 3 – 31.

Kalstone, David. *Becoming a Poet: Elizabeth Bishop with Marianne Moore and Robert Lowell*. New York: Farrar, Straus and Giroux, 1989.

Kalstone, David. *Five Temperaments: Elizabeth Bishop, Robert Lowell, James Merrill, Adrienne Rich, John Ashbery*. New York: Oxford University Press, 1977.

King, Alexander. "Everybody in His Right Mind." *May This House Be Safe From Tigers*. New York: Signet, 1960.

Kunitz, Stanley. "Talk with Robert Lowell." In Jeffrey Meyers, ed. *Robert Lowell: Interviews and Memoirs*. Ann Arbor: The University of Michigan Press, 1988. 84 – 90.

Lattey, The Reverend C. *The Spiritual Exercises of St. Ignatius*. St. Louis: B. Herder Book, 1928.

Laurans, Penelope. "'Old Correspondences': Prosodic Transformations." In Lloyd Schwartz and Sybil P. Estess, eds. *Elizabeth Bishop and*

Her Art. Ann Arbor: The University of Michigan Press, 1983. 75 – 95.

Lefebvre, Henri. *The Production of Space*. Oxford: Blackwell, 1991.

Lehman, David. " 'In Prison': A Paradox Regained." In Lloyd Schwartz and Sybil P. Estess, eds. *Elizabeth Bishop and Her Art*. Ann Arbor: The University of Michigan Press, 1983. 61 – 74.

Leithauser, Brad. "The 'Complete' Elizabeth Bishop." *The New Criterion*. 1. 7 (March 1983): 36 – 42.

Lensing, George. "Elizabeth Bishop and Flannery O'Connor: Minding and Mending a Fallen World." In Angus Cleghorn, et al. eds. *Elizabeth Bishop in the 21st Century: Reading the New Editions*. Charlottesville: University of Virginia Press, 2012. 186 – 203.

Loengard, John. *Life Photographers: What They Saw*. Boston: Little Brown, 1998.

Lombardi, Marilyn May. *The Body and the Song: Elizabeth Bishop's Poetics*. Carbondale and Edwardsville: Southern Illinois University Press, 1995.

Lowell, Robert. "A Conversation with Ian Hamilton, 1971." In Robert Giroux, ed. *Robert Lowell: Collected Prose*, London: Faber & Faber, 1987. 267 – 290.

Lowell, Robert. "On 'Skunk Hour': How the Poem Was Written." In Lloyd Schwartz and Sybil P. Estess, eds. *Elizabeth Bishop and Her Art*. Ann Arbor: The University of Michigan Press, 1983. 199.

Lowell, Robert. "Thomas, Bishop and Williams." *The Sewanee Review*. 55.3 (July-September 1947): 493 – 503.

Luce, Henry. "Letters to the Editor." *Life*. (14 December 1942): 2.

Luce, Henry. "Prospectus for Life." In Erika Lee Doss, ed. *Looking at Life Magazine*. Washington: Smithsonian Institution Press, 2001. v.

Luce, Henry. "The American Century." *Life*. (17 February 1941): 61 – 65.

Machova, Marianna. *Elizabeth Bishop and Translation*. Lanham:

Lexington Books, 2017.

Marcus, Eric. *Making Gay History: The Half-Century Fight for Lesbian and Gay Equal Rights*. New York: HaperCollins Publishers Inc., 2002.

Martin, Robert. *Gerard Manley Hopkins: A Very Private Life*. New York: Putnam's, 1991.

Materer, Timothy. "Mirrored Lives: Elizabeth Bishop and James Merrill." *Twentieth Century Literature*. 51.2 (Summer 2005): 179-209.

Mazzaro, Jerome. "Elizabeth Bishop and the Poetics of Impediment." *Salmagundi*. 27 (1974): 118-144.

McNally, Nancy. "Elizabeth Bishop: The Discipline of Description." *Twentieth Century Literature*. 11 (1966): 189-201.

Merrin, Jeredith. *An Enabling Humility: Marianne Moore, Elizaebth Bishop, and the Uses of Tradition*. New Brunswick: Rutgers University Press, 1990.

Millier, Brett. "Elusive Mastery: The Drafts of Elizabeth Bishop's One Art." In Marilyn May Lombardi, ed. *Elizabeth Bishop: The Geography of Gender*. Charlottesville: University Press of Virginia, 1993. 233-243.

Millier, Brett. "Modest and Morality: George Herbert, Gerald Manley Hopkins, and Elizabeth Bishop." *The Kenyon Review*. 11.2 (Spring 1989): 47-56.

Millier, Brett. *Elizabeth Bishop: Life and the Memory of It*. Berkeley: University of California Press, 1993.

Mills, Ralph. *Contemporary Poetry*. New York: Random House, 1965.

Monteiro, George. *Elizabeth Bishop in Brazil and After: A Poetic Career Transformed*. Jefferson: McFarland, 2012.

Moore, Marianne. "A Modest Expert: North & South." In Lloyd Schwartz and Sybil P. Estess, eds. *Elizabeth Bishop and Her Art*. Ann Arbor: The University of Michigan Press, 1983. 177-179.

Moore, Marianne. *The Complete Poems of Marianne Moore*. New York:

Penguin Books, 1982.

Morris, Timothy. *Becoming Canonical in American Poetry*. Urbana: University of Illinois Press, 1995.

Moss, Howard. "All Praise." *Kenyon Review*. 28 (March 1966): 255-262.

Mueller, Lisel. "The Sun the Other Way Around." *Poetry*. 108 (August 1966): 335-337.

Müller, Friedrich. *Unterhaltungen mit Goethe*. Ernst Grumach, ed. Weimar: Böhlau, 1956.

Myers, Jack and David Wojahn. eds. *A Profile of Twentieth-Century American Poetry*. Carbondale: Southern Illinois University Press, 1991.

Nemerov, Howard. "The Poems of Elizabeth Bishop." *Poetry*. 87 (1955): 179-182.

Nickowitz, Peter. *Rhetoric and Sexuality: the Poetry of Hart Crane, Elizabeth Bishop, and James Merrill*. New York: Palgrave Macmillan, 2006.

Oliveira, Carmen L. *Rare and Commonplace Flowers: The Story of Elizabeth Bishop and Lota de Macedo Soares*. New Brunswick: Rutgers University Press, 2002.

Page, Barbara. "Off-Beat Claves, Oblique Realities: The Key West Notebooks of Elizabeth Bishop." In Marilyn May Lombardi, ed. *Elizabeth Bishop: The Geography of Gender*. Charlottesville: University Press of Virginia, 1993. 196-211.

Parker, Robert. *The Unbeliever: The Poetry of Elizabeth Bishop*. Urbana: University of Illinois Press, 1988.

Paton, Priscilla. *Abandoned New England: Landscape in the Works of Homer, Frost, Hopper, Wyeth, and Bishop*. Hanover: University of New Hampshire, 2003.

Paz, Octavio. "Elizabeth Bishop, or the Power of Reticence." *World Literature Today*. 51.1 (Winter 1977): 15.

Perkins, David. *A History of Modern Poetry: Modernism and After*. Cambridge: Harvard University Press, 1987.

Pickard, Zachariah. *Elizabeth Bishop's Poetics of Description*. Montreal & Kingston: McGill-Queen's University Press, 2009.

Pinsky, Robert. "The Idiom of a Self: Elizabeth Bishop and Wordsworth." *The American Poetry Review*. 9.1 (1980): 6–8.

Poe, Edgar Allen. "The Philosophy of Composition." In George Perkins et al. eds. *The American Tradition in Literature*. New York: Random House, 1985. 1259–1266.

Prosser, Jay. *Light in the Dark Room: Photography and Loss*. Minneapolis: University of Minnesota Press, 2005.

Ravinthiran, Vidyan. *Elizabeth Bishop's Prosaic*. Lewisburg: Bucknell University Press, 2015.

Ribeiro, Léo Gilson. "Elizabeth Bishop: The Poetess, the Cashew, and Micuçu." in George Monterio, ed. *Conversations with Elizabeth Bishop*. Jackson: University Press of Mississippi, 1996. 14–17.

Rich, Adrienne. "Compulsory Heterosexuality and Lesbian Existence." In Henry Abelove, et al. eds. *The Lesbian and Gay Studies Reader*. New York: Routledge, 1993. 227–254.

Rich, Adrienne. "The Eye of the Outsider: Elizabeth Bishop's *Complete Poems*, 1927–1979 (1983)." *Blood, Bread and Poetry: Selected Prose 1979–1985*. New York: Norton, 1986. 124–135.

Rizza, Peggy. "Another Side of This Life: Women as Poets." In Robert Shaw, ed. *American Poetry since 1960: Some Critical Perspectives*. Chester Springs: Dufour, 1974. 170.

Roman, Camille. *Elizabeth Bishop's World War II-Cold War View*. New York: Palgrave, 2001.

Rosenbaum, Susan. "Elizabeth Bishop and the Miniature Museum." *Journal of Modern Literature*. 28.2 (2005): 61–99.

Rotella, Guy. *Reading & Writing Nature: The Poetry of Robert Frost, Wallace Stevens, Marianne Moore, and Elizabeth Bishop*. Boston:

Northeastern University Press, 1991.
Ryan, Michael. *Literary Theory: A Practical Introduction*. Oxford: Blackwell, 1999.
Samuels, Peggy. "Composing Motions: Elizabeth Bishop and Alexander Calder." In Angus Cleghorn, et al. eds. *Elizabeth Bishop in the 21st Century: Reading the New Editions*. Charlottesville: University of Virginia Press, 2012. 153-169.
Samuels, Peggy. "Elizabeth Bishop and Paul Klee." *Modernism / Modernity*. 14.3 (2007): 543-568.
Samuels, Peggy. *Deep Skin: Elizabeth Bishop and Visual Art*. New York: Cornell University Press, 2010.
Sargeant, Winthrop. "Sausage Meat." *In Spite of Myself*. New York: Doubleday, 1970.
Schapiro, Meyer. "Matisse and Impressionism: A Review of the Retrospective Exhibition at the Museum of Modern Art, November 1931." *Androcles*. 1 (February 1932): 21-36.
Schiller, Beatriz. "Poetry Born out of Suffering." In George Monteiro, ed. *Conversations with Elizabeth Bishop*. Jackson: University Press of Mississippi, 1996. 74-81.
Schwartz, Lloyd and Sybil P. Estess. eds. *Elizabeth Bishop and Her Art*. Ann Arbor: The University of Michigan Press, 1983.
Schwartz, Llyod. "Elizabeth Bishop's 'Finished' Unpublished Poems." In Angus Cleghorn, et al. eds. *Elizabeth Bishop in the 21st Century: Reading the New Editions*. Charlottesville: University of Virginia Press, 2012. 54-65.
Skidmore, Thomas. *Politics in Brazil: 1930-1964: An Experiment in Democracy*. New York: Oxford University Press, 1967
Spiegelman, Willard. "Elizabeth Bishop's 'Natural Heroism'." *The Centennial Review*. 22.1 (Winter 1978): 28-44.
Stepanchev, Stephen. *American Poetry Since 1945: A Critical Survey*. New York: Harper and Rowe, 1965.

Stevenson, Anne. *Elizabeth Bishop*. New York: Twayne Publishers, 1966.

Stevenson, Anne. *Five Looks at Elizabeth Bishop*. London: Bellew Publishing, 1998.

Suárez-Toste, Ernesto. "'And Looked Our Infant Sight Away': Nostalgia for the Innocent Gaze in Elizabeth Bishop's Poetry." *Atlantis*. 24.2 (2002): 203–213.

Suárez-Toste, Ernesto. "'Straight from Chirico': Pictorial Surrealism and the Early Elizabeth Bishop." *Studies in the Humanities*. 23.2 (December 1996): 185–201.

Suárez-Toste, Ernesto. "'Une Machine à Coudre Manuelle': Elizabeth Bishop's 'Everyday Surrealism'." *Mosaic*. 22.2 (2000): 143–160.

Summers, Joseph. "George Herbert and Elizabeth Bishop." *George Herbert Journal*. 18.1 (1995): 48–58.

Swanberg, W. A. *Luce and His Empire*. New York: Scribner, 1972.

Thomas, Travisano. "The Elizabeth Bishop Phenomenon." *New Literary History*. 26.4 (Fall 1995): 903–930.

Tomlinson, Charles. "Elizabeth Bishop's New Book." *Shenandoah*. 17 (Winter 1966): 88–91.

Travisano, Thomas. "Elizabeth Bishop and the Origins of Narrative Postmodernism." In Lionel Kelly, ed. *Poetry and Sense of Panic: Critical Essays on Elizabeth Bishop and John Ashbery*. Atlanta: Editions Roponi, 2000. 87–104.

Travisano, Thomas. *Elizabeth Bishop: Her Artistic Development*. Charlottesville: University Press of Virginia, 1988.

Vendler, Helen. "Breakfast with Miss Bishop." *The New York Review of Books*. (9 June, 1994): 40.

Vendler, Helen. "Comic and Elegiac: Two Poets and the Question of Tradition." *The New Yorker*. (8 April 1996): p. 100–101.

Vendler, Helen. "Domestication, Domesticity and the Otherwordly." *World Literature Today*. 51.1 (Winter 1977): 23–28.

Wainwright, Loudon. *The Great American Magazine: An Inside History of Life*. New York: Knopf, 1986.

Walker, Cheryl. *God and Elizabeth Bishop: Meditations on Religion and Poetry*. New York: Palgrave Macmillan, 2005.

Warnke, Frank. "The Voyages of Elizabeth Bishop." *New Republic*. 154 (9 April 1966): 19.

Wehr, Wesley. "Elizabeth Bishop: Conversations and Class Notes." In George Monterio, ed. *Conversations with Elizabeth Bishop*. Jackson: University Press of Mississippi, 1996. 38–46.

Weiner, Deborah. "Difference That Kills / Difference That Heals: Representing Latin American in the Poetry of Elizabeth Bishop and Margret Atwood." In Cornelliar Moore and Paymond Moody, eds. *Comparative Literature East and West: Traditions and Trends*. Honolulu: University of Hawaii Press, 1989. 208–219.

White, Gillian. "Readerly Contingency in Elizabeth Bishop's Journals and Early Prose." *Twentieth Century Literature*. 55.3 (Fall 2009): 322–356.

Williamson, Alan. "A Cold Spring: The Poet of Feeling." In Lloyd Schwartz and Sybil P. Estess, eds. *Elizabeth Bishop and Her Art*. Ann Arbor: The University of Michigan Press, 1983. 96–108.

Wójcik-Leese, Elizbieta. *Cognitive Poetic Readings in Elizabeth Bishop: Portrait of a Mind Thinking*. New York: De Gruyter Mouton, 2010.

Youngs, Tim. *The Cambridge Introduction to Travel Writing*. Cambridge: Cambridge University Press, 2013.

Zhou Xiaojing. *Elizabeth Bishop: Rebel in Shades and Shadows*. New York: Peter Lang, 1999.

Zona, Kirstin Hotelling. *Marianne Moore, Elizabeth Bishop and May Swenson: The Feminist Poetics of Self-Restraint*. Ann Arbor: The University of Michigan Press, 2002.

Zuilen, A. J. van. *The Life Cycle of Magazines: A Historical Study of the Decline and Fall of the General Interest Mass Audience*

Magazine in the United States During the Period 1946 – 1970. Uithoorn：Graduate Press，1977.

二、中文部分

巴塔耶著，汪民安编：《色情、耗费与普遍经济：乔治·巴塔耶文选》，吉林人民出版社 2011 年版。

毕肖普著，包慧怡译：《唯有孤独恒常如新》，湖南文艺出版社 2015 年版。

毕肖普著，丁丽英译：《伊丽莎白·毕肖普诗选》，河北教育出版社 2002 年版。

碧许著，曾珍珍译：《写给雨季的歌：伊丽莎白·碧许诗选》，台北木马文化事业有限公司 2004 年版。

蔡淑玲：《巴岱仪的否定与逾越》，《中外文学》1995 年第 2 期。

蔡天新：《与伊丽莎白同行》，花城出版社 2007 年版。

胡英：《伊丽莎白·毕晓普诗歌研究》，华中师范大学出版社 2015 年版。

李佩仑：《另一种修辞：不动声色的内心决斗——论伊丽莎白·毕晓普的诗歌艺术》，《外国文学评论》2009 年第 2 期。

李文萍：《摩尔、毕肖普和普拉斯的认知诗学研究》，东北师范大学出版社 2014 年版。

尼采著，李长俊译：《悲剧的诞生》，湖南人民出版社 1986 年版。

任继愈：《宗教大辞典》，上海辞书出版社 1998 年版。

谭国根：《主体建构政治与现代中国文学》，香港牛津大学出版社 2000 年版。

文德勒著，马永坡译：《家园化、家园性与异在世界：伊丽莎白·毕肖普》，《诗探索》，2001 年第 1—2 期。

徐蕾：《论毕晓普诗歌中水意象的心理机制》，《外国文学研究》2009 年第 2 期。

殷晓芳：《毕晓普的"水"诗歌：认知、记忆与"否定的感知力"》，《国外文学》2009 年第 1 期。

殷晓芳：《内心的外化：毕肖普诗歌的"无意识"修辞》，《外国文学评论》2008 年第 1 期。

殷晓芳:《伊丽莎白·毕肖普:旅行书写与空间诗学的政治性》,《当代外国文学》2012年第2期。

詹明信著,张旭东编,陈清侨等译:《晚期资本主义的文化逻辑:詹明信批评理论文选》,生活·读书·新知三联书店1997年版。

张跃军:《回忆与方位·历史与现实·性别意识与身份认同》,《国外文学》2013年第2期。

赵毅衡编译:《美国现代诗选》,外国文学出版社1985年版。

毕晓普生平与作品年表

1911年　2月8日出生在美国马萨诸塞州的伍斯特，8个月时，父亲去世。
1916年　母亲因不堪忍受家庭变故，住进精神病院。
1927年　入读胡桃山中学。
1930年　就读瓦萨学院。
1934年　毕业于瓦萨学院，与莫尔相识。此年，母亲去世。
1935年　在莫尔的推荐下，处女诗作《地图》在刊物《试衡》上发表。
1935—1938年　定居纽约。开始前往法国、英格兰、意大利、西班牙、北非等地旅行。
1939年　移居基维斯特。
1946年　处女诗集《北与南》出版，荣获"霍顿诗歌奖"。
1947年　荣获"古根海姆奖学金"，与洛威尔、贾雷尔结下友谊。
1949—1950年　出任美国国会图书馆诗歌顾问。
1951年　与情人洛塔定居巴西。
1956年　诗集《北与南》与《寒冷的春天》合印本出版，荣获"普利策诗歌奖"。
1965年　诗集《旅行的问题》出版。
1966年　洛塔去世。

1969 年 《诗歌全集》出版,荣获"国家图书奖"。
1970—1973 年 出任哈佛大学教授,间或去巴西普莱托度假。
1976 年 诗集《地理学Ⅲ》出版,获得"诺斯达特国际文学奖"。
1979 年 10 月 6 日病逝于波士顿寓所。

致　谢

本书基于我的博士后出站报告《伊丽莎白·毕晓普诗歌的越界思想研究》，我首先要感谢我的合作导师张剑教授。从研究的选题到报告的构思，从文章的写作到论文的投稿，张老师都给予了极大的帮助和支持。我在写作中的固执、反应的迟钝，他都能宽容地理解，并提供耐心的指导，他帮我廓清思路、梳理概念，使我最终能够完成出站报告。

郭棲庆教授、潘志明教授、刁克利教授等都给了我许多有益的指点与启发。他们对本书的框架体系、写作方法、论文格式等方面提出了许多宝贵的意见。对于他们的帮助，我心存感激并在心中默默为他们祝福！

此外，我还要感谢在博士后期间，张老师门下的各位博士学友为我带来的学术启发和学业帮助。同时，我也要感谢我的家人在生活、工作方面给予的理解与支持，他们的理解与支持是我前进的动力。

吴远林

2020 年 12 月

图书在版编目(CIP)数据

伊丽莎白·毕晓普诗歌的越界思想研究 / 吴远林著. —上海：上海社会科学院出版社，2021
 ISBN 978-7-5520-3525-4

Ⅰ.①伊… Ⅱ.①吴… Ⅲ.①毕晓普(Bishop, Elizabeth 1911-1979)—诗歌研究 Ⅳ.①I712.072

中国版本图书馆 CIP 数据核字(2021)第 045539 号

伊丽莎白·毕晓普诗歌的越界思想研究

著　　者：	吴远林
责任编辑：	周　霈
封面设计：	裘幼华
出版发行：	上海社会科学院出版社
	上海顺昌路 622 号　邮编 200025
	电话总机 021-63315947　销售热线 021-53063735
	http://www.sassp.cn　E-mail: sassp@sassp.cn
排　　版：	南京展望文化发展有限公司
印　　刷：	上海龙腾印务有限公司
开　　本：	890 毫米×1240 毫米　1/32
印　　张：	7.625
字　　数：	131 千字
版　　次：	2021 年 4 月第 1 版　2021 年 4 月第 1 次印刷

ISBN 978-7-5520-3525-4/I·426　　　　定价：48.00 元

版权所有　翻印必究